A fabulosa culinária mediterrânea dos contos de Esopo

Pedro Ernesto de Luna
Piero Cagnin

A fabulosa culinária mediterrânea dos contos de Esopo

EDITORA RECORD
RIO DE JANEIRO • SÃO PAULO

2004

CIP-Brasil. Catalogação-na-fonte
Sindicato Nacional dos Editores de Livros, RJ.

L983f
    Luna, Pedro Ernesto de
      A fabulosa culinária mediterrânea dos contos de Esopo / Pedro Ernesto de Luna, Piero Cagnin. – Rio de Janeiro: Record, 2004.
      144p. :

      ISBN 85-01-06832-2

      1. Fábulas gregas. 2. Culinária mediterrânea. I. Esopo. II. Cagnin, Piero. III. Título.

04-0195
                        CDD – 888
                        CDU – 821.14'02-8

Copyright © 2003 by Pedro Ernesto de Luna e Piero Cagnin

Capa, ilustração, projeto gráfico e composição de miolo: Glenda Rubinstein

Direitos exclusivos desta edição reservados pela
DISTRIBUIDORA RECORD DE SERVIÇOS DE IMPRENSA S.A.
Rua Argentina 171 – Rio de Janeiro, RJ – 20921-380 – Tel.: 2585-2000

Impresso no Brasil

ISBN 85-01-06832-2

PEDIDOS PELO REEMBOLSO POSTAL
Caixa Postal 23.052
Rio de Janeiro, RJ – 20922-970

EDITORA AFILIADA

sumário

Afinal, quem foi Esopo? 13

O Mediterrâneo com um pé na cozinha 15

Contos e receitas 25

Afrodite e a gata — Sopa de pimentão vermelho, batatas e lagostins 26

Os filhos do lavrador — Salada verde com rabanetes e laranjas ao vinagrete de tâmaras 30

O caniço e o carvalho — Sopa de abóbora com *quenelles* de robalo e perfume de *pesto* 32

O corvo e a raposa — Salada de agrião precoce, aipo, queijo *feta* e maçã verde 36

O mercador de estátuas — Sopa fria de iogurte com *gazpacho* em mil pontos e *pesto* de hortelã 40

O leão e o rato — Sopa de feijão verde e bacalhau 42

O lobo e o cordeiro — *Confit* de pernil de cordeiro com mil-folhas de batatas trufadas 46

O lobo e a garça — Lasanha de cavaquinha, funcho e tomate 50

O doente e o médico — *Agnolotti* de alcachofra ao ragu de trilha **54**

O burro e o sal — Risoto de brócolis e tomate com lulas ao açafrão **58**

O eunuco e o sacerdote — Ninhos de *spaghetti* em azeite de pimenta, rúcula e *sauté* de camarão...**60**

A cabra e o burro — Ravióli de berinjela e queijo de cabra ao molho de azeitonas verdes e tomate **62**

O cão e a carne — Risoto com pistaches, *magret* de pato e milanesa de sálvia..**67**

O homem e o leão — *Tagliatelle* ao creme de presunto cru, *pesto* de salsa e amêndoas e ragu de truta **70**

A cigarra e a formiga — Risoto com ragu de codorna e abobrinhas........**74**

O avarento — Atum em crosta de azeitonas com *gnocchi* de berinjelas ao molho de aipo **76**

A lebre e a tartaruga — Cozido de peixe-espada ao orégano fresco sobre *burgul* com cebola caramelizada...**80**

A mulher rabugenta — Atum em úmido com *caponata* **85**

O fanfarrão — Cherne em folhas de uva ao creme de gergelim e alho com cenoura crocante ao gengibre **88**

O veado e o leão — Cozido de polvo e nirá com tabule morno de passas....**90**

A águia e o escaravelho — Fritura mista sobre purê de grão-de-bico e chicória ao limão...**92**

O mosquito e o leão — *Timballo* de robalo marinado e berinjela sobre *carpaccio* de *funghi portobello*...**94**

As lebres e as rãs — Sardinhas recheadas assadas servidas sobre *guazzetto* de tomate e mexilhões 96

Os lobos e os cães — Pescada amarela em crosta de milho sobre escarola ao vapor e creme de pimentão 98

O homem e a estátua — Sopa de lentilhas vermelhas e timo de vitela com alho-poró crocante 102

A galinha dos ovos de ouro — Folhado de frango e couve-nabiça em *guazzetto* de grão-de-bico e miúdos da ave 106

O lobo ingênuo — Lombo de javali com maçãs caramelizadas e castanhas portuguesas sobre polenta fresca 110

O pastorzinho e o lobo — Costeletas de cordeiro grelhadas sobre *timballo* de legumes e arroz de especiarias 112

O homem, o cavalo, o boi e o cão — Contrafilé ao macis servido com almôndegas de favas frescas e *papillote* de *shiitake* 116

A águia, a gralha e o pastor — Paleta de vitela assada, servida com *merghez* de cordeiro e cozido de quiabo 121

A águia e a raposa — *Costata* de vitela ao alecrim com saladinha de espinafre, erva-doce e minicenouras 124

O gato moralista e o galo incestuoso — Perdiz recheada com figos e nozes sobre *couscous* de legumes e damasco azedo 126

O boiadeiro e o leão — Cozido de vitela, batatas e vagens ao molho de cebolas roxas e purê de batatas ao perfume de laranjas 130

Decisão dos deuses não se contesta — Lombo de cordeiro recheado de aipo e *foie gras* com *sauté* de repolho roxo e aspargos em camisa de presunto cru *134*

O velho e a morte — Mil-folhas de damasco e tâmaras sobre *ganache* de chocolate ao Banyuls *139*

As rãs pedem um rei — "Pan pepato" sobre *zabaione* morno *142*

O rato do campo e o rato da cidade — Torta Lúmia........................*144*

O lavrador e seus filhos — Pudim de *couscous* doce com canela, nata e crocante de amêndoas *148*

Briga de galos — *Crostata* de frutas secas e especiarias em calda de gengibre *150*

Índice de receitas *153*

Um dia, minha neta me fez uma pergunta singela:
—Vovô, o que as "pessoas e bichos" das fábulas comiam?
Mesmo que os personagens estivessem ocupados em filosofar a respeito da operosidade da cigarra e da inoperância da formiga, a pergunta era pertinente. Quando não estavam na boca de contadores de histórias como eu, eles deveriam comer! Nas próprias fábulas há "dicas" disto.

Agora, antes que ela me pergunte o que comiam os personagens de outros contistas, estou me antecipando e escrevendo *A fabulosa cozinha mediterrânea dos contos de Esopo*. Para isso, contei com duas valiosas colaborações: do próprio Esopo e do *grand chef* Piero Cagnin. Conheci Piero no Araçá Azul, seu pequeno restaurante, onde ele, quando chegou ao Brasil, fazia contato com os gostos brasileiros. Lá, ele nos levou a conhecer a melhor da cozinha mediterrânea abaixo do Equador. Logo foi cooptado por outras, em que sua autenticidade entrou em conflito com concessões pretendidas. Depois, o meu *chef* favorito desapareceu! Esfumou-se com o perfume da sua Spanakópita. Fui encontrá-lo (via Internet) como *chef* do Alfredo di Roma, no Hotel Intercontinental no Rio de Janeiro. *Grazie Dio* ele entusiasmou-se com a idéia e topou colaborar.

Quanto a Esopo, que todos nós conhecemos, era grego, ex-escravo, filósofo e curioso da natureza humana. Viajou por todo o Mediterrâneo, colhendo e levando sabedoria.

No seu texto, Esopo é exato, direto, conciso. Às vezes até aparentemente ingênuo. Seria impossível "conduzi-lo" aos objetivos culinários que eu pretendia. Li diversas traduções e nelas senti o problema. Não há margem para concessões.

Analisando-o com atenção, percebi que o seu texto seria hoje um sucesso como conselhos de auto-ajuda. Situações rápidas, com conclusões, aconselhamentos e moral definida.

Convenhamos que os tempos mudaram, autorizando-me (sem abandonar a moral da época) a modernizar alguns conceitos e até a brincar com algumas situações.

Pedro Ernesto de Luna

Para mim, Esopo é a raiz da cultura mediterrânea.

Esopo é uma lembrança associada aos meus primeiros anos às margens do Adriático, que tem as mesmas águas do Mediterrâneo. Em Esopo eu vejo exemplos fortemente ligados aos ciclos da natureza e ao caráter humano. E me remete ao meu pai e àquilo que ele sempre quis me transmitir: a tradição.

Para mim, o "clima" de Esopo é de primavera. Vejo trigais, vinhas, sol, uma brisa morna, a sensação de que o tempo passa sem pressa, sem saber que é tempo.

Sinto as suas fábulas como se fossem histórias de meu vizinho. Afinal, a minha Veneza e a Grécia do fabulista estão separadas pelo Adriático, um enorme braço do Mediterrâneo, às margens do qual sempre se plantaram vinhas, trigo, oliveiras e seres humanos.

A viagem que encetei ao universo da gastronomia, e que envolve a cultura da terra, do vinho e de outros condimentos de cultura ao redor, deixou-me ligado às origens e às mais bonitas sensações, que me remetem diretamente às fábulas de Esopo.

Ler Esopo significa repensar os ciclos da vida.

Piero Cagnin

Afinal, quem foi Esopo?

Para os gregos da idade clássica, Esopo foi uma semilenda. Não importa se ele existiu ou não. O importante era a sabedoria das suas metáforas, o legado do seu pensamento.

Mas Esopo existiu: teria nascido por volta de 620 a.C., talvez na Trácia, em Samos, Sades, ou mesmo no Egito.

Segundo Heródoto e Plutarco, Esopo possuía espírito engenhoso e sutil em um corpo disforme.

Nascido escravo, Esopo foi alforriado pelo seu último amo, Samien Iadmon. Uma vez livre, viajou pelo Egito, pela Babilônia e por parte do Oriente, até que se deteve na corte de Creso, que, prestigiando a sua inteligência, encarregou-o da tarefa diplomática de representá-lo na reunião dos Sete Sábios, na casa de Periante, em Corinto.

Na ocasião, como desagravo aos atenienses, Esopo propôs a fábula *As rãs procuram um rei*, em claro incentivo à derrubada de Pisistrato, que usurpara o poder em Atenas.

Sua missão seguinte foi levar oferendas de Creso ao Templo de Delfos. Decepcionado e irritado pelo modo como os sacerdotes "administravam" as ricas dádivas a Apolo, o poeta dirigiu-lhes sarcasmos sutis e venenosos, como mostrou-se capaz em sua prosa.

Os sacerdotes não o perdoaram e esconderam entre seus pertences um precioso cálice consagrado ao deus. Exposto como ladrão, foi julgado e condenado pelos cidadãos de Delfos. E lançado do alto da Rocha Hyapée. Isto teria ocorrido no ano de 560 a.C., e o poeta estaria com 60 anos, aproximadamente.

Esopo jamais registrou em "papel" suas fábulas e seus contos familiares. Suas principais características eram a absoluta objetividade e a concisão, que o teriam tornado hoje um mau redator de discursos e um grande redator de publicidade. Suas fábulas sobreviveram na tradição oral até Sócrates colocá-las em versos. Em 325 a.C., Demetrius de Phalera publicou uma coleção bastante completa das *Fábulas de Esopo*, à qual posteriormente foram agregados também Babrias, Phedra e até La Fontaine.

De todas as compilações, é consenso que a mais fiel e completa teria sido a redigida pelo monge Planude, que assim descreveu o poeta: "Esopo era mais feio do que seus contemporâneos. Cabeça em ponta, nariz esborrachado, pescoço curto, lábios salientes, tez escura, barrigudo, de pernas curtas, encurvado e gago."

Entretanto esta descrição não corresponde à escultura deixada por Lisipe. Nela se vê um homem evidentemente corcunda, de barba e cabelos crespos, orelhas pequenas, um belo nariz reto, braços finos e frágeis (falta fragmento). Dir-se-ia até um homem bonito.

Sendo anteriores às técnicas de impressão, as fábulas de Esopo já ilustravam vasos, louças, peças de faiança, manuscritos medievais e até as famosas tapeçarias de Bayeux, do século XV. Até hoje sua obra continua permitindo a expressão de grandes artistas.

P. L.

o mediterrâneo com um pé na cozinha

Mediterrâneo: um grande pedaço de água cercado de terra por todos os lados.

Mediterrâneo, o mar entre terras: 4,25 milhões de quilômetros cúbicos de água da mais alta salinidade do planeta, banhando costas africanas, européias e asiáticas.

Mediterrâneo, o *Mare Nostrum* dos soldados romanos.

Não é por acaso que a corrente desse mar circula sempre no sentido anti-horário como se quisessem voltar no tempo em busca de recordações de sagas e lugares mágicos que forjaram o mundo civilizado: Cartago, Fenícia, Biblos, Sidon, Tiro, Tróia... Aquecido pelo *sirocco*, refrescado pelo *mistral*, agitado pelo *bora*, o *Mare Nostrum* foi mercado para os assírios e fenícios, travessia para os cruzados, corredor para os piratas sarracenos e rota do *delivery* do macarrão de Marco Polo.

Grandes diferenças culturais e religiosas, apreciável variedade geológica, pequenas variações climáticas e salinidade inferior apenas à do Mar Morto fazem do Mediterrâneo um imenso caldeirão cujos 12,7 quilômetros de bordas abrigam três quartos de todas as culturas culinárias e 100% da cozinha ocidental. Os cultores da cozinha oriental pretendem ter-se contrabandeado para o Ocidente com o macarrão trazido por Marco Polo.

Esopo deslocou-se por quase toda a esfera de colonização grega. Faltou-lhe conhecer o extremo ocidental do Mediterrâneo (celtas, iberos e etruscos) e, mais amplamente, o norte da África (na época a imensa costa quase desértica da Mauretânea e da Numíbia). Portanto o fabulista deve ter provado quase todas as vertentes culinárias originadas no *Mare Nostrum*: a grega, a italiana, a árabe e a judaica; e as culinárias francesa e espanhola do Sul.

Uma primeira pergunta se nos propõe: Quando terá começado a Cozinha? Na secagem, na maceração ou na lavagem dos vegetais? Na fermentação espontânea de algumas raízes? No "cozimento" acidental de algum animal preso no incêndio da floresta ou fulminado por algum raio, antes da descoberta do fogo? No salgamento que se demonstrou não só saboroso, como útil para a conservação de alimentos?

Não podemos deixar de citar uma observação curiosa, recém-apreendida: em uma pequena população de macacos em uma ilha japonesa, uma fêmea mergulhou uma batata-doce nas águas de um riacho. As "comadres" a imitaram e logo o procedimento tornou-se um hábito ou ritual. Experiência gustativa? Não podemos afirmar. A pratica evoluiu e, logo, estavam pondo de molho as batatas na água do mar. A receita funcionou? Passou a ser um rudimento de cozinha? A verdade é que não só o grupo transferiu-se para perto do oceano, mudando outros hábitos, como o banho de mar da batata passou para as gerações seguintes.

As primeiras receitas conhecidas nos vêm da Mesopotâmia e datam de 2.000 anos antes de Cristo. Isto não significa necessariamente que eles inventaram a cozinha. É mais seguro afirmar que inventaram a escrita e assim fizeram chegar documentos até nós.

Na tumba do vizir tebano Rekhmire (1450 a.C.), foi encontrada a seguinte receita, creditada como a mais antiga do mundo:

"Moer em pilão uma rama de tubérculos de junco. Peneirar cuidadosamente a farinha. Acrescentar uma taça de mel e amassar. Colocar a massa em uma caçarola de metal e levá-la ao fogo juntando um pouco de gordura. Cozer em fogo brando, até que a massa fique consistente. Dourar com cuidado para não queimar. Deixar esfriar e formar pães cônicos."

A alimentação sempre esteve associada à religião e à medicina. A crença *"mangia que te fa bene"* pode ser compreendida como: "alimenta-te que terás saúde". Em um livro de Medicina, no 2º século d.C., podemos conhecer a seguinte recomendação para os males do estômago:

"Misturar um lírio com carnes cozidas de pombo e de ganso. Acrescentar funcho, favas, farinha e água quente. Juntar dois pés de chicória e uma infusão de trigo. Cortar em pedaços bem pequenos, macerar, coar e beber."

Tinham razão os antigos: a chicória é rica em substâncias depurativas e preservativas do fígado; o funcho ajuda na digestão e ameniza colites; e o lírio favorece a eliminação da bílis. Quanto ao pombo e ao ganso... Bem, se você está realmente pensando em fazer essa receita, pode eliminá-los!

As origens da cozinha *sefaradi* confundem-se com a árabe nas suas raízes fenícias e cartaginesas. A Bíblia é o principal repositório de informações. Segundo Isaías (Is 23, 3), no tempo do rei Salomão, o Egito foi importante fornecedor de trigo e as trocas de grãos entre a cidade fenícia de Tiro e Israel eram constantes. No Livros dos Reis (IR 17) conta-se a história de uma mulher fenícia de Sarepta que oferece bolos de farinha e óleo para o profeta Elias. Jeremias (Jr 7, 18; 44, 26) condena a oferenda de bolos preparados em chapas ou em panelas, onde se coziam cremes de alfenins ou cozidos de farinha à deusa Astartéia (Lv 2, 5-7). Esaú gostava tanto de lentilhas (Gn 25, 29-34) que trocou os seus direitos de primogenitura por um prato delas! E Samuel nos conta (IIS 23, 11) que um bravo soldado de Davi lutou sozinho contra os filisteus para defender um campo de lentilhas.

Na cidade filistéia de Ascalon (Alho), evidentemente se cultivava o alho, além da variedade poró, cebolas e pepinos. Plínio, o Velho, acrescenta que plantavam também abóboras.

Salomão permutava óleo com Hiron, rei de Tiro, por operários e material de construção para o seu famoso templo (IR 5, 25). Josué e Zoroabel trocavam azeite por cedro do Líbano, com as cidades de Tiro e Sidon (Esd 3, 7). Terá saído daí a expressão "azeitar o comprador"?

A Bíblia refere-se ainda a "pássaros em gaiolas" que fariam parte do cardápio da corte de Salomão (IR 5, 10-11). Fala-se de gansos assados e de cascas de ovos de avestruz decoradas para recipientes rituais. O que não significa necessariamente que teriam alguma dieta de ovos.

A culinária árabe forjou-se nas trocas mercantis dos fenícios que praticamente, com as suas viagens, formaram um elo de uniformidade cultural (que inclui a culinária) do mundo árabe. Acrescentem-se os séculos de invasões e ocupações e não se despreze a presença dos cruzados que lhes legaram mais do que muitos olhos azuis. Com o bom senso imposto pelos climas quentes favoráveis a fermentações indesejáveis, e usando como "mídia" o Alcorão, os árabes proibiram-se de álcoois e de carnes suínas. Solidificou-se a importância de alguns grãos como o trigo, a cevada e o arroz; o emprego de especiarias e temperos: pimenta, cebola, hortelã, cominho; a preferência pelas carnes de ovinos (afinal, antes de serem comerciantes, os árabes eram pastores), aves e peixes; e a importância da coalhada fresca ou seca (*lában*). Com isso criou-se uma culinária rica e variada, com muitas combinações, convidando o homem à mesa.

Comer à libanesa, significa pedir *mezzés*, seleção de mais de cem petiscos servidos em pequenas quantidades e comidos com pão sírio. Isto apenas como aperitivo antes dos pratos principais.

A variedade, a fartura e o gosto por comidas açucaradas, oleosas e gordurosas, influenciou os portugueses e, principalmente, os espanhóis, que coabitaram com a presença árabe do século XIII ao XV. O *couscous*, a cana-de-açúcar, o arroz, a tamareira, a laranjeira e o limoeiro, o aspargo, o açafrão, o melão, o jasmim, são contribuições árabes. E não esqueçamos o café, que, apreciado pelos "brimos" para substituir o vinho, acabou se tornando um dos mais característicos produtos brasileiros.

Posterior a Esopo, a influência árabe estendeu-se à Espanha e à Sicília. Andaluzes e catalães tinham um misto de amor e ódio pelos ocupantes. Imitavam-lhes a moda de vestir, divertir-se, dançar e, naturalmente, comer. Da época datam os almanaques (*Al manak*) "*Tacuinum sanitatis*", tradução das recomendações dietéticas árabes. Sem pretender generalizar, o qualitativo "sarraceno" pode simplesmente indicar a cor escura ou se o caldo de mesmo nome vem da cozinha árabe. Permanecem dúvidas se o "molho camelina" vem de *cannelle*, canela que participa da sua composição, ou de *camelle* referindo-se à "cor de camelo". De qualquer forma a presença de amêndoas piladas misturadas à canela conferem um sabor agridoce ao molho da cozinha oriental. Em um livro de cozinha do final do século XIII, algumas receitas, como a *Romênia*, prato de frango com romãs (do árabe *rummân*), a *Lymûniya* de limão (do árabe *laymun*), e o *Riso alla turquesa*, deixam claras as origens orientais.

A Andaluzia conservou costumes do período romano-visigodo e, mesmo que em Roma também se preparassem bolinhos de carne, não podemos excluir os árabes da *albondigas, almôndegas* ou *al-banadiq* da cozinha árabe. No *Sent Sovi*, publicação catalã do século XIV, ingredientes comuns como uva-passa e manjerona são citadas pelos seu nomes árabes: *atsebib* (*zabib*) e *marduix* (*mardadûsh*). É notável na cozinha espanhola o emprego de gengibre, açafrão, canela, noz-moscada e do leite de amêndoas e de amêndoas piladas, característicos da cozinha árabe. Entre outros produtos, pode-se listar, com reservas, as especiarias, o suco de frutas ácidas, a pimenta, o cravo-da-índia, o açúcar, a água de rosas e os cozimentos picantes e agridoces, que vinham sendo acolhidos paralelamente em outras culturas.

Supostamente os dórios e outros povos bárbaros que vieram do norte invadindo o território helênico, 1.200 anos antes de Cristo, não trouxeram requintes culinários. No máximo foram caçadores em deslocamento, predando campos e paióis, moqueando caças e fervendo ervas enquanto buscavam um território para se estabelecer. Encontraram-no nos campos e golfos que compensavam a aridez das montanhas na Macedônia, Trácia, Épiro, Tessália e logo no Peloponeso.

As montanhas ofereciam plantas aromáticas para o mel, importante em uma terra sem açúcar. Abrigavam lebres, além de ursos e leões que predavam os rebanhos de cabras e carneiros que contribuíam com a sua carne, leite e queijos. Nos vales férteis, cultivava-se a "tríade mediterrânea": trigo, uva e oliveiras. Mesmo plantado aplicadamente, o trigo era insuficiente para o abastecimento da população, que ainda dependia do suprimento do Egito e da Criméia. Da uva desenvolveu-se o vinho já apreciado em toda a costa mediterrânea. Da oliveira, cujo cultivo em escala pertencia aos nobres, saía o azeite, a manteiga, o sabão e o combustível que iluminou a Antigüidade.

A sociedade grega privilegiava o mundo masculino. Menandro, o teatrólogo, dizia: "A roca, e não o debate, é trabalho das mulheres." Aqui, a roca pode ser lida como "a cozinha". Essa permanência da mulher no lar, além do hábito grego de receber convidados, é importante fator de incentivo para o desenvolvimento da culinária. Povos nômades, guerreiros, bandeirantes, não criaram uma cozinha memorável. A expectativa de o "maridinho chegar" é motivação para uma criativa criação culinária. Contudo, em uma mesa "básica" grega, há 2.500 anos, contavam obrigatoriamente: alhos silvestres, azeitonas, pão, queijo, peixe, azeite e vinagre. Nas *polis*, os gregos não comiam nada pela manhã, almoçavam ligeiramente e banqueteavam à noite.

Então, a Grécia, ou melhor, as cidades-estado de Atenas, Corinto e Siracusa invadiram a Itália agregando a cada nova colônia espírito de autonomia e independência absoluta que já caracterizavam as tribos etruscas que nem mesmo falavam uma língua comum. Segundo Dionísio de Halicarnasso, "A nação etrusca não veio de um lugar. Sempre esteve aqui". E a mixagem entre gregos e etruscos criou um contraste que, notadamente na culinária, permanece até hoje. Polenta, manteiga e *tagliatelle* no norte; azeite de oliva, *tagliarine* e *brodetto* (de frutos do mar) no sul. A linha do mocotó, no "joelho" da península, abaixo de Florença, é geográfica e não cultural. Esta fronteira, que coincide com a "linha da pobreza", mantém ao norte pastagens viçosas e animais para produção de laticínios e relega ao sul a terra árida e os animais de tração.

Esse orgulho regional, que faz com que um genovês fale ligúrio; um milanês fale lombardo; um piemontês, um siciliano, um calabrês, um emiliano, um napolitano falem "línguas" diferentes, levou a pelo menos sete vertentes culinárias bem definidas. Sem fugir das origens gregas e etruscas, cada uma delas desenvolveu as suas próprias características a partir de seus recursos naturais. Segundo dizem, a cozinha de Piemonte tem a "arrogância francesa". A mesa da Lombardia considera-se a mais internacional de todas. Veneza tempera as suas enguias com muitas influências estrangeiras. Seu queijo Asiago tem sabor da Idade Média. Na Emília-Romagna faz-se a culinária-símbolo da Itália: pastas, molhos de Bologna, presunto e queijo de Parma e vinagre balsâmico de Modena. Desde a mixagem de gregos e etruscos, a Toscana, a região das carnes vermelhas, produz o melhor azeite e, segundo eles, o melhor vinho do país. Se você imaginar todas as maneiras como se pode preparar frutos do mar com açafrão, terá idéia da *exquisita* cozinha de Abruzos. A Campânia é a região italiana onde a influência árabe se junta às demais: lá são produzidas excelentes frutas, a verdadeira mussarela e uma comida encorpada e rica em molhos de tomate que é referida como a cozinha da Máfia. Qual a melhor? Se você perguntar a qualquer italiano qual a melhor culinária da Itália, ele dirá que é a da sua região.

Se a Itália está com "toda a perna mergulhada no Mediterrâneo", na França só as províncias de Roussilon, Languedoc, Côte d'Azur e Provence são banhadas pelo *Mare Nostrum*. A influência não me preocuparia, se não estivesse me incomodando a frase de Ford Madox Ford (desculpe se não o conheço, contudo achei o pronunciamento tão pedante e preconceituoso que não posso deixar de repeti-lo): "Em algum lugar entre Vienne e Valence, no Ródano, abaixo de Lion, o mal já não existe, porque lá a maçã não floresce e a couve-de-bruxelas não cresce de jeito nenhum." Ou: "Não existe culinária ao sul de Dijon." Ora, o paralelo onde repousa Dijon elimina todo o sul do país, ou dois terços gastronômicos!

Entretanto a culinária da Provence recebe o sal do Mediterrâneo. Sem precisar aceitar reptos ou controvérsias, estamos salvos!

Se lembrarmos que a Gália começa a figurar na história a partir da fundação de Massília (Marselha), no Mediterrâneo, e era habitada desde o século VIII a.C. pelos celtas, a que se agregaram posteriormente os belgas de origem germânica, é fácil visualizar os gauleses de Vercingetórix caçando javalis, preparando poções e colhendo cogumelos, bolotas de carvalho e plantas exóticas. Se você acha que foram assim as raízes da culinária francesa, você está absolutamente certo. A cozinha francesa foi feita da coleta seletiva e da busca de condimentos exóticos e carnes de caça, para chegar a soluções delicadas e muito particulares. Obelix sempre preferiu o marreco e o ganso livres aos frangos de granja. As lebres aos coelhos. Os javalis aos porcos.

A cozinha mediterrânea da Provence não é primitiva como pretendem alguns. Mas, muito fiel às suas origens, ela é apenas civilizada.

O Mediterrâneo conservou a magia de seus xeiques, vizires, profetas, *capos*, deuses e heróis. Magia esta que se estende à cozinha: *exquisita*, com todo o amplo sentido da palavra. Apesar de, hoje, a rota que Ulisses levou 10 anos para percorrer ser feita em 50 minutos pelo Boeing da El-Al!

P. L.

contos e receitas

Afrodite e a gata

Uma gata confundiu o carinho que o seu formoso dono lhe dispensava com o afeto que liga gatos e gatas, homens e mulheres e todos os machos e fêmeas. Apaixonada pelo jovem, a gata pediu a Afrodite, a deusa do Amor, que a transformasse em mulher. Sempre curiosa sobre experiências amorosas, Afrodite atendeu ao pedido e transformou a gata em uma bela mulher. Tão bela e irresistível que o homem imediatamente encantou-se por ela e a transferiu do borralho para o leito.

Porém Afrodite, a Bela, era também Afrodite, a Curiosa, e quis saber como procederia a bichana ante um instinto primário. E colocou um camundongo no quarto do casal.

O instinto prevaleceu e, num impulso, a linda moça atirou-se ao ratinho, perseguindo-o por todo o quarto, subindo em cortinas e rastejando por baixo da cama, até apanhá-lo e comê-lo. E, para espanto do rapaz, voltou para o leito ainda com um rabinho se agitando para fora da boca.

Das traduções que li, uma diz que a deusa ficou "chateada". Outra que ela ficou "indignada". Eu, particularmente, acho que Afrodite ficou enojada e devolveu a moça ao seu estado felino original.

Conclusão de Esopo: A aparência pode ser mudada, mas a natureza, não.

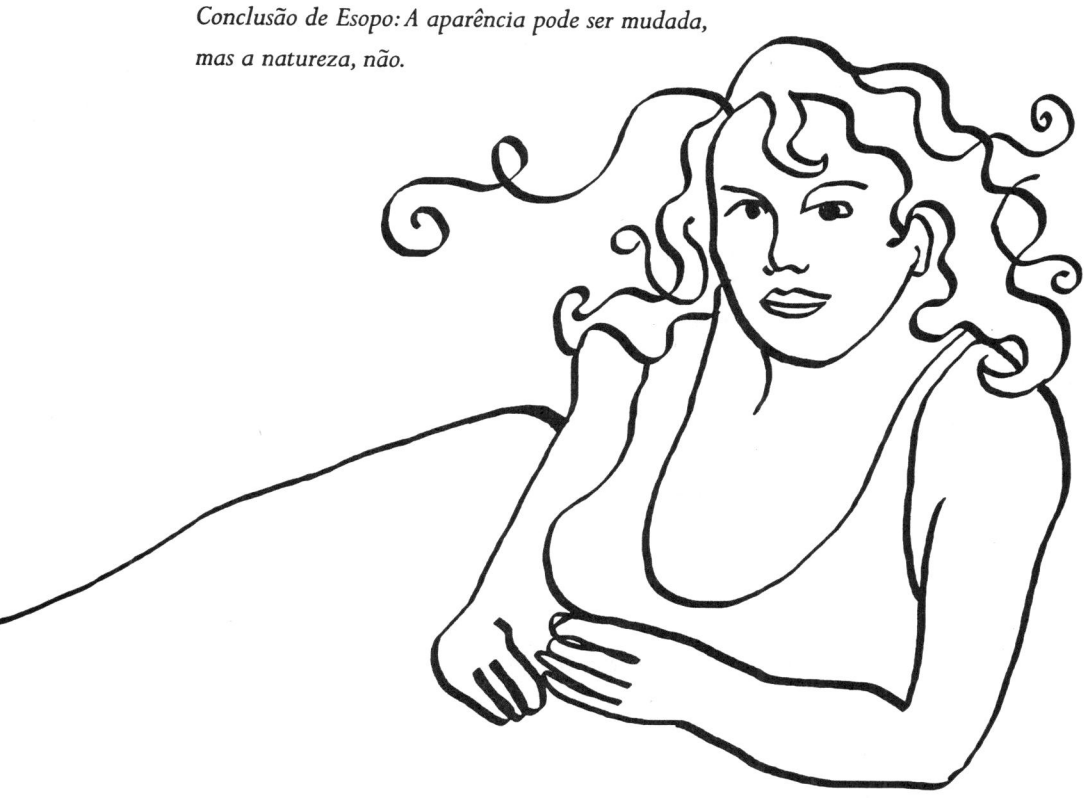

Sopa de pimentão vermelho, batatas e lagostins

Ingredientes: *800 g de lagostins inteiros, 500 g (4 unidades) de pimentões vermelhos grandes, 2 cebolas graúdas, 120 ml de azeite, 2 dentes de alho, 500 g de batatas, 200 ml de vinho branco seco, 200 ml de creme de leite fresco, alguns galhos de tomilho, 4 folhas de louro, sal, pimenta-do-reino branca, 50 g de aipo (1 talo), 100 g de cenoura, 30 g de salsa picada.*

Modo de fazer: Limpar os lagostins, tirando as cabeças e as cascas e reservando-as para o caldo. Tirar a tripa das caudas e reservá-las. Numa panela grande, colocar as cabeças e as cascas do crustáceo, 1 cebola descascada e picada, os dentes de alho, o aipo, a cenoura, os galhos de tomilho e 2 das folhas de louro. Temperar com sal e pimenta-do-reino branca, encher com água fria e deixar ferver durante 30 minutos. Apagar o fogo, deixar descansar durante 10 minutos e passar o caldo numa peneira, reservando-o. Deverá dar cerca de 1,5 l de caldo pronto. Limpar os pimentões, cortá-los e refogá-los numa panela com 100 ml de azeite, a outra cebola picada e a metade das batatas picadas. Acrescentar o vinho branco, regular o sal e a pimenta e acrescentar o caldo dos lagostins. Levar à fervura, acrescentar o creme de leite e acabar o cozimento. Apagar o fogo e bater a sopa no liqüidificador. Recolocá-la na panela e acrescentar as batatas restantes, cortadas em cubos de 0,5 cm de lado; deixar ferver até as batatas estarem cozidas. Enquanto isso, cortar as caudas dos lagostins em 3 pedaços e refogá-las rapidamente numa frigideira antiaderente, em fogo alto, com o restante do azeite. Temperar com sal e pimenta-do-reino branca. Colocar a sopa nos pratos, distribuindo as caudas refogadas dos lagostins e salpicando com a salsa picada.

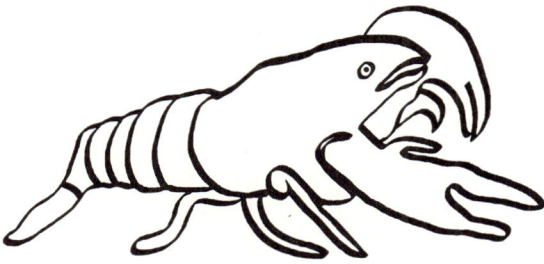

Obs.: A medida dos ingredientes em todas as receitas é para 4 pessoas.

os filhos do lavrador

Os filhos de um lavrador viviam brigando entre si.

— Você é um idiota!

— Você é que é um imbecil!

E outras animosidades que não nos são estranhas.

O pai já estava cansado de separá-los e de lhes pregar lições de moral.

— Afinal, vocês são irmãos. O que vai acontecer quando eu não estiver mais aqui? Irmãos não devem brigar.

Etc. etc. etc.

Finalmente, ele resolveu passar das palavras aos atos. Reuniu um feixe de varas e desafiou os filhos a quebrarem o feixe. Evidentemente, eles não conseguiram. Então o lavrador desatou o molho e propôs que eles quebrassem as varas uma a uma. Dessa vez a coisa foi fácil. Então o pai concluiu:

— Meus filhos, se vocês se mantiverem unidos, também serão invencíveis diante dos seus inimigos. Mas, divididos, serão facilmente derrotados e quebrados, como fizeram com essas varas.

Nossa conclusão: O pai teria conseguido igual resultado se tivesse, uma a uma, aplicado umas boas varadas nas nádegas dos filhos.

Salada verde com rabanetes e laranjas ao vinagrete de tâmaras

Ingredientes: *50 g de alface lisa, 50 g de alface crespa, 50 g de alface crespa roxa, 50 g de rúcula, 50 g de agrião, 50 g de endívia, 50 g de endívia frisée, 1 laranja-pêra, 4 rabanetes. Para a vinagrete: 70 g de tâmaras sem caroço, o suco de 1/2 limão, 50 ml de azeite de oliva extravirgem, sal e pimenta-do-reino moída na hora.*

Modo de fazer: Numa panela, cozinhar as tâmaras, cortadas em pedaços, em 200 ml de água até ficarem macias a ponto de se desfazerem (se precisar, acrescentar mais água). Deixar esfriar, coar para tirar o excesso de água e bater no liqüidificador com os demais ingredientes para o vinagrete. Reservar. Lavar muito bem todas as folhas, colocá-las numa tigela, arrumadas junto aos rabanetes, lavados e cortados em fatias finas, e aos gomos da laranja, sem pele e sem sementes. Regar com o vinagrete de tâmaras e servir.

o caniço e o carvalho

Um carvalho e um caniço discutiam sobre morfologia vegetal:
— Olhe para mim — proclamava o carvalho. — Que copa frondosa. Que enraizamento profundo! Estou pronto para qualquer embate. Qualquer vento eu encaro. De peito aberto. Sem me curvar. Agora, veja você: uma varinha fina, de poucas raízes! Raquítica! Se bate uma brisa, você tem que se curvar a ela. Humilhar-se. Prestar vassalagem!

O caniço, que não estava a fim de discutir com o carvalho, deixava passar e nada respondia.

Um dia sobreveio uma formidável ventania. Como disse o carvalho, o caniço dobrou-se à primeira brisa, e assim permaneceu, deixando o vento passar.

O carvalho "encarou". Os primeiros minuanos apenas lhe levaram as folhas. Mas depois os simuns e os mistrais lhe arrancaram os grandes galhos e o fizeram encurvar-se, gemendo. Um pampeiro portenho desgalhou-o totalmente, deixando o embate final para um cruel siroco, que o desenraizou, deixando-o de pernas para o ar.

Passada a tormenta, o caniço voltou à sua verticalidade original.

Conclusão de Esopo: Às vezes é melhor ceder do que "encarar".

Sopa de abóbora com quenelles de robalo e perfume de pesto

Ingredientes: *800 g de polpa de abóbora-moranga picada, 1 cebola graúda picada, 2 dentes de alho picados, 100 ml de azeite, sal, pimenta-do-reino preta e branca, 1,5 l de caldo de peixe, 350 ml de creme de leite fresco, 300 g de filé de robalo limpo, 100 g de pão de fôrma sem casca, 2 claras de ovo, 20 g de folhas de tomilho picadas, 30 g de salsa picada. Para o* pesto: *80 g de folhas de manjericão italiano, 1 dente de alho picado, 50 g de queijo parmesão ralado, 30 g de* pinoli, *sal, 200 ml de azeite de oliva.*

Modo de fazer: Numa panela, refogar a cebola (separar 1 colher de sopa) e o alho no azeite, acrescentar a polpa da abóbora e mexer bem. Temperar com sal e pimenta-do-reino preta e acrescentar 1 l de caldo de peixe. Deixar ferver, e quando a abóbora estiver cozida, acrescentar o creme de leite. Deixar apurar mais 10 minutos em fogo brando e bater no liqüidificador. Reservar. Para as *quenelles*, deixar o pão de fôrma de molho no leite durante alguns minutos; tirar, escorrer bem o excesso e colocá-lo numa tigela junto com o robalo picado finamente, o restante da cebola, também muito bem picada, as folhas de tomilho, a salsa picada, sal e pimenta-do-reino branca e as claras de ovo. Mexer muito bem, e acrescentar mais pão de fôrma se a mistura estiver com pouca liga. Formar com 2 colheres de sopa as *quenelles* e cozinhá-las no restante do caldo de peixe, já fervente numa panela. Reservar. Fazer o *pesto* batendo todos os ingredientes no liqüidificador até obter uma mistura espessa, não demasiadamente líquida. Deixar a sopa de abóbora ferver, servir nos pratos, colocando em cada um as *quenelles* de peixe e regando com o *pesto*.

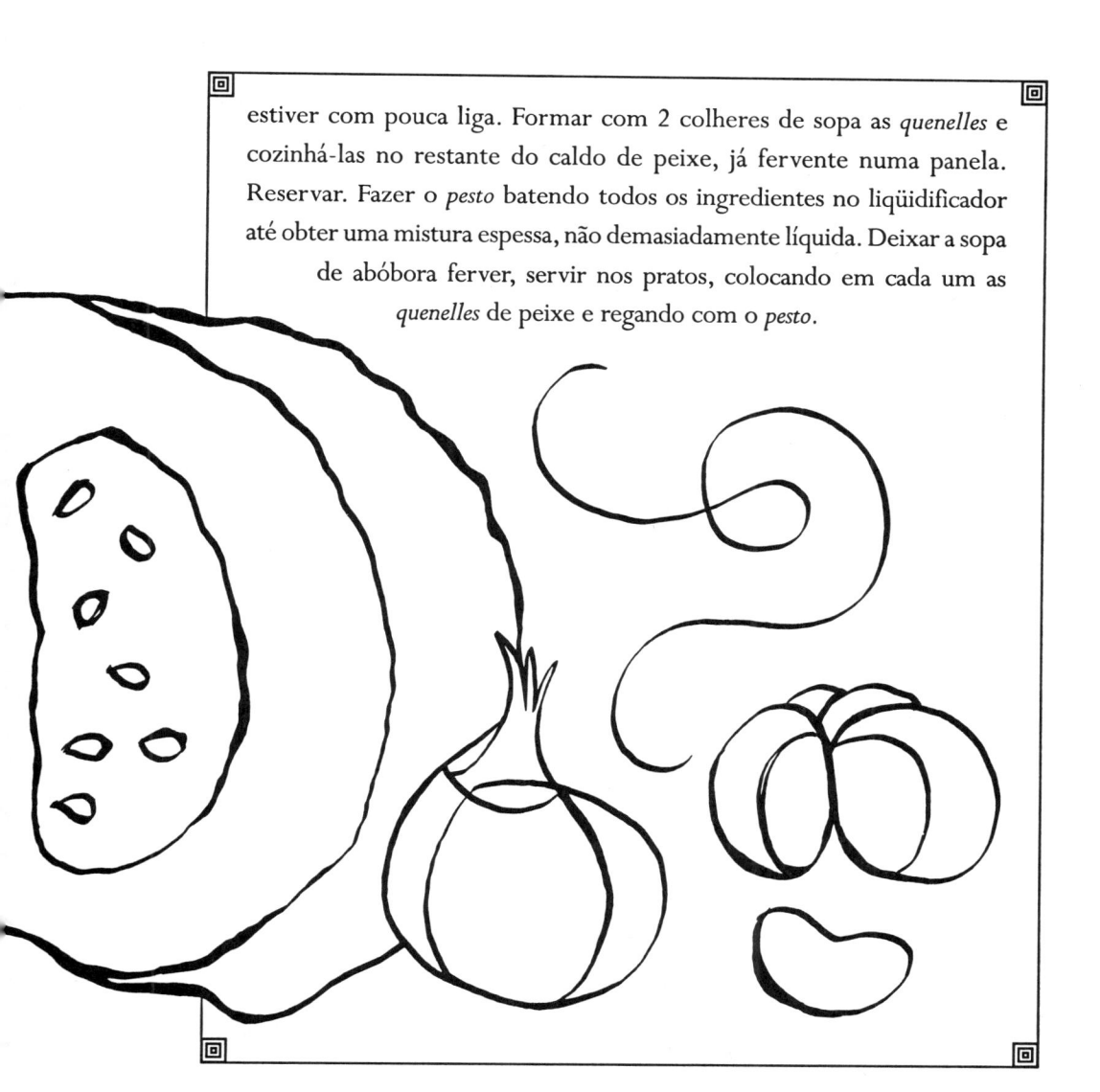

o corvo e a raposa

Era uma vez um corvo e uma raposa muito estranhos. Não por falarem, raciocinarem, filosofarem, que estas são coisas comuns nas fábulas de Esopo.

Mas por gostarem de queijo! Vocês já viram uma ave e um carnívoro gostarem de queijo? Mesmo um *brie* daqueles que cheira a carniça?

Mas esses personagens gostavam de queijo, tanto que o corvo roubara um em algum lugar, e agora, no galho de uma árvore, preparava-se para degustá-lo, quando chegou a raposa.

Vendo o parceiro com aquele saboroso pedaço de *brie* (seria *feta*, gorgonzola, *pecorino*), imaginou como o petisco poderia passar do bico do corvo para a sua própria boca. E entoou:

— Bom dia, senhor corvo. Eu estava notando que o senhor é uma bela ave! Talvez... talvez só lhe falte uma bela voz. Mas se o seu canto puder se comparar à sua plumagem, o senhor será, sem dúvida, o rei deste bosque.

Envaidecido, o corvo quis mostrar que também tinha uma bela voz (que pretensão!), e abriu bem o bico, deixando cair o tal queijo, de que a raposa imediatamente se apropriou. Já de partida, a raposa ainda tripudiou:

— Meu bom amigo, aprenda que todo adulador vive na dependência daquele que lhe dá ouvidos. Sem dúvida essa lição vale um queijo*, você não acha?

Moral da história: Esopo nos previne contra os aduladores, mas eu desconfio de qualquer raposa (o) que apareça nas suas refeições.

---

* Uma das traduções, feita diretamente do grego, fala em um pedaço de carne. Talvez os séculos de propagação popular e a versão de La Fontaine é que tenham transformado a carne em queijo. (N. do A.)

Salada de agrião precoce, aipo, queijo *feta* e maçã verde

Ingredientes: *200 g de agrião precoce, 120 g (3 talos) de aipo, 100 g de queijo feta, 1 maçã verde, 80 g de tomate-cereja.*

Modo de fazer: Lavar bem o agrião, colocá-lo numa tigela e reservar. Cortar os talos de aipo em cubos de 1 cm, depois de tirar os fios, e reservar. Descascar a maçã e cortá-la em cubos de 1 cm, assim como o queijo *feta*. Colocar tudo na tigela junto com o agrião, misturar bem e acrescentar os tomates-cereja cortados ao meio. Temperar com sal e azeite de oliva extravirgem a gosto.

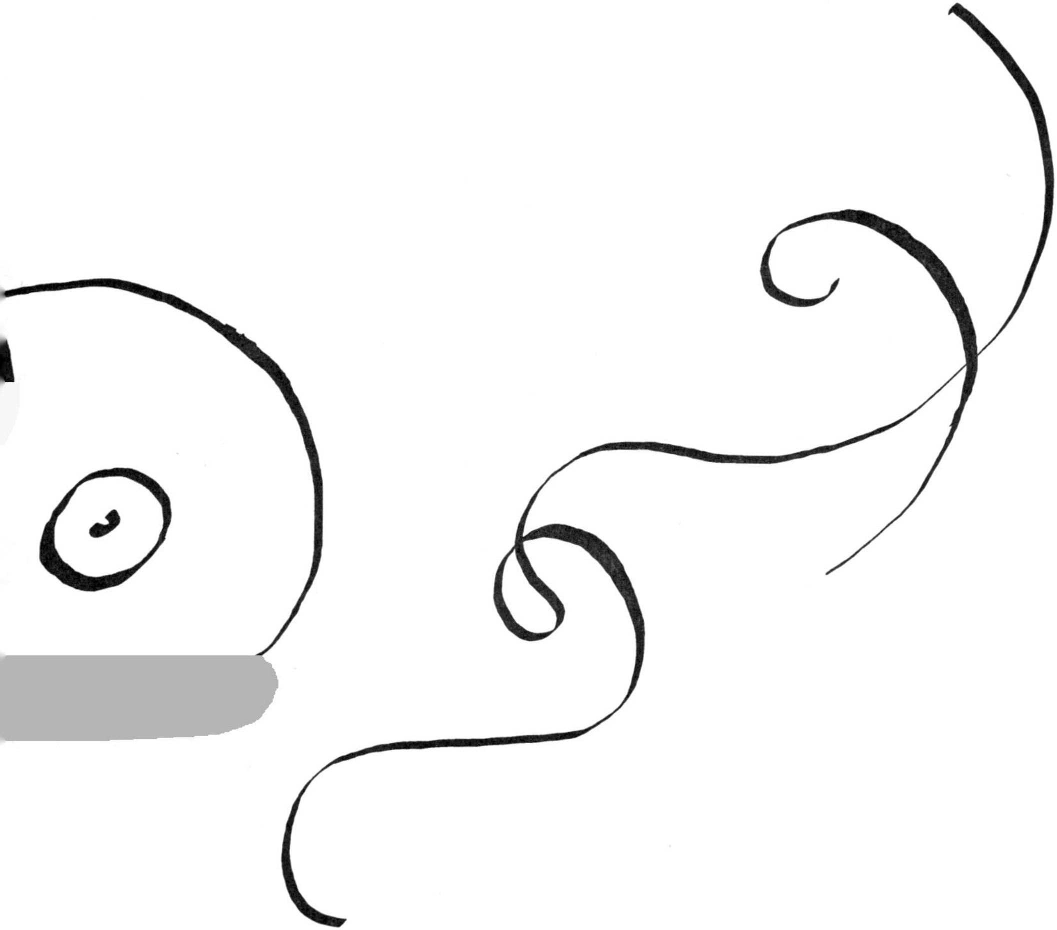

o mercador de estátuas

Um artesão esculpiu em madeira uma bela estátua do deus Hermes. Como Hermes foi o inventor da lira e era deus dos pastores e do comércio, o artesão achou que conseguiria vender a sua obra por bom dinheiro.

Levou-a ao mercado, mas ninguém se interessou pela estátua. Como bom vendedor, o homem pôs-se então a apregoar os benefícios que uma imagem do deus poderia trazer ao seu possuidor:

— Comprem essa bela estátua do mensageiro dos deuses. Hermes, o filho de Zeus, traz boa sorte àqueles que cultuam a sua figura. Com essa imagem no portal da sua casa, a sua safra sempre será farta e não lhe faltarão amor e dinheiro.

Aos poucos os curiosos foram se aproximando. Mas um pastor, de espírito brincalhão, observou:

— Ó mercador, se a figura de Hermes traz assim tanta sorte ao seu possuidor, por que você a está vendendo? Por que não a guarda e fica por toda a vida com os benefícios que ela lhe trará?

O mercador coçou a barba e respondeu:

— É que Hermes é meio lento para conceder os seus benefícios, e eu estou precisando de dinheiro para já.

Reflexão de Esopo: Esta fábula é para os incrédulos e ávidos, que só acreditam nos benefícios imediatos. Ou, a meu ver: os deuses podem ter outras prioridades.

Sopa fria de iogurte com *gazpacho* em mil pontos e *pesto* de hortelã

Ingredientes: *1 l de leite, 500 g de iogurte natural, 150 g de suco de tomate, 10 g de concentrado de tomate, 60 g de cebola limpa, 30 g de pimentão vermelho limpo, 20 g de pimentão verde limpo, 40 g de pepino limpo, 60 ml de azeite de oliva, 1 dente de alho picado fino, sal e pimenta-do-reino preta, 30 g de folhas de hortelã.*

Modo de fazer: Ferver o leite, deixar esfriar até 40 graus e colocar o iogurte. Cobrir com um pano e deixar descansar durante algumas horas. Picar todos os legumes e misturá-los muito bem numa tigela junto com o tomate, o concentrado, 20 ml de azeite, alho, sal e pimenta a gosto. Reservar. Bater o restante do azeite com a hortelã até obter um molho líquido, mas homogêneo. Coar a mistura de iogurte e leite num pano para tirar o excesso de soro. Colocar num recipiente e deixar esfriar na geladeira. Servir a sopa de iogurte, colocando no meio o *gazpacho* e finalizando com o *pesto* de hortelã em volta.

o leão e o rato

Um leão estava dormindo quando, distraidamente, um ratinho passeou sobre ele. O leão acordou, surpreso com a audácia do bichinho. Nunca tivera uma presa tão fácil. Agarrou-o de uma só patada e, apesar de seu apetite estar mais para uma corça, já se dispunha a comê-lo.

— Por favor, senhor leão — suplicou o ratinho —, eu sou muito pequeno para o seu apetite. Deixe-me viver e, quem sabe, um dia poderei pagar-lhe o favor.

O leão estava de bom humor e, mesmo

duvidando que um ratinho pudesse vir a ser-lhe útil, libertou o roedor, que sumiu rapidamente nos vãos da caverna.

Tempos depois, vagabundeando pela floresta, o leão pisou no gatilho de uma armadilha e, no mesmo instante, uma rede se fechou em torno dele. O rei das selvas estava preso, atarantado e inofensivo como um coelho. Mas como admitir uma situação dessas?

O rei bradou, rugiu, arranhou, arranhou-se, mordeu a malha de cordas. Tudo inútil.

Ouvindo a barulheira, o ratinho foi ver o que era, e lá encontrou o seu quase devorador, debatendo-se inutilmente na arapuca.

Aproximou-se e pôs-se a roer aplicadamente as cordas. E rói daqui, rói dali, logo o leão estava solto. Abanando-se como um cachorro molhado, o leão teve que admitir que também entre os ratos existe reconhecimento.

Conclusão de Esopo: Nas piruetas da sorte, os poderosos podem precisar dos mais fracos.
Nosso parecer: Não invista somente em blue-chips.

Sopa de feijão verde e bacalhau

ingredientes: 200 g de grãos de feijão fresco, 1 dente de alho descascado e picado, 2 dentes de alho descascados e amassados, 100 g de cebola picada, 50 g de presunto de Parma numa fatia só, 200 ml de azeite de oliva extravirgem, 3 folhas de louro, 70 ml de vinho Xerez seco, 1 l de caldo de carne, 200 g de bacalhau já dessalgado, sem pele e espinhas, e desfiado, 70 g de salsa picada, 30 g de cebolinha francesa picada, sal, pimenta-do-reino preta moída.

modo de fazer: Numa panela grande, esquentar a metade do azeite e refogar a cebola, o alho picado e a fatia de presunto. Acrescentar as folhas de louro e o feijão, misturar bem e mexer durante alguns minutos; colocar o Xerez, deixar evaporar, acrescentar o caldo de carne e levar à fervura. Deixar cozinhar o feijão até ficar macio, sem se desfazer. Apagar o fogo, tirar o presunto e reservar. Numa frigideira, aquecer o azeite restante, refogando os dentes de alho até ficarem dourados, acrescentar o bacalhau, mexer bem e saltear durante alguns minutos. Apagar o fogo, tirar os alhos e acrescentar a salsa picada, misturando-a homogeneamente. Colocar o bacalhau na panela da sopa e deixar ferver em fogo brando durante 5 minutos; temperar com sal e pimenta-do-reino preta. Apagar o fogo, transferir para uma sopeira, acrescentar a cebolinha picada e servir, regando com azeite extravirgem a gosto.

o lobo e o cordeiro

Ao ver um cordeiro bebendo num riacho, um lobo resolveu comê-lo. Como além da fome tinha também pruridos morais, o lobo achou que precisava de um pretexto para deglutir o ovino. Aproximando-se a montante do rio, o lobo falou com voz cavernosa:

—Você está sujando a água que eu vou beber.

O cordeiro, que devia entender de fluxos fluviais, defendeu-se:

— Mas, senhor lobo, como eu posso estar sujando a água que Vossa Lupicinidade vai beber se eu estou a jusante da sua posição? Isto é: estou abaixo. A água corre do senhor para mim!

O lobo, que não tinha raciocínio muito cartesiano, insistiu:

— Mas, ano passado, tu insultaste o meu pai!

— *Data venia*, mestre lobo: como eu poderia ter ofendido o seu pai se no ano passado eu nem tinha nascido? — argumentou o cordeiro.

Sem resposta, o lobo apelou:

— Então eu vou te comer para deixares de querer raciocinar com lógica.

E comeu-o.

Conclusão de Esopo: Nem uma defesa justa inocenta um pré-condenado.

Confit de pernil de cordeiro com mil-folhas de batatas trufadas

ingredientes: *1 pernil de cordeiro (cerca de 2 kg). Para marinar: 200 g de cada: aipo, cenoura e cebola picados, 2 cabeças de alho picadas, 50 g de ervas (tomilho, sálvia, alecrim) picadas, 1 l de vinho tinto, sal e pimenta-do-reino preta. Para o confit: 2 l de caldo de carne, 200 g de manteiga, 200 g de cada: aipo, cenoura e cebola, 4 dentes de alho, sal e pimenta-do-reino preta. Para o mil-folhas de batata: 1 kg de batatas, 500 ml de molho branco grosso feito com manteiga de trufa no lugar da comum, 80 g de queijo parmesão ralado, 20 g de trufa preta fatiada.*

modo de fazer: Para marinar o cordeiro, fazer pequenos cortes em toda a sua superfície. Colocá-lo num recipiente, esfregá-lo bem com sal e pimenta-do-reino preta, acrescentar o alho, os legumes e as ervas. Em seguida regar com o vinho, tampar o recipiente e guardar na geladeira durante pelo menos 24 horas, mexendo de vez em quando. No dia seguinte, limpar bem o pernil da marinada (guardá-la) e desossá-lo, tirando também o excesso de gordura. Amarrar bem o pernil com barbante, dando-lhe um formato regular. Numa panela grande, derreter a metade da manteiga e refogar os legumes do *confit*. Após alguns minutos, colocar o pernil, corando-o bem de todos os lados. Acrescentar sal e pimenta, o vinho filtrado da marinada e em seguida o caldo de carne. Deixar levantar fervura e rapidamente abaixar o fogo, de modo a obter uma fervura branda e contínua.

 Enquanto isso, torrar os ossos do cordeiro no forno, derreter o restante da manteiga numa panela, refogar os legumes e as ervas da marinada e em seguida colocar os ossos torrados. Temperar com sal e pimenta, cobrir a fio com água e deixar ferver em fogo brando, tirando sempre a espuma e a gordura que se formam na superfície. Reduzir o líquido a 1/4, passar no *chinois* e reservar. Para o mil-folhas, descascar as batatas, fatiá-las bem finas com a mandolina e cozinhá-las no vapor, *al dente*. Untar uma fôrma de 25x20 cm, colocar uma primeira camada rala de molho branco e em seguida uma camada de batatas cozidas temperadas com sal. Repetir a operação até acabarem as batatas, sempre fazendo uma pressão com as mãos entre uma camada e outra e terminando com uma camada mais generosa de molho branco, salpicando por cima o queijo ralado. Levar ao forno aquecido a 120°C durante 45 minutos, até o mil-folhas de batatas ficar gratinado na superfície. Deixar o molho de carne reduzido levantar fervura, tirar do fogo e acrescentar 50 g de manteiga, mexendo bem com a colher. Acabar o cozimento do pernil de cordeiro *confit* (ele terá que ceder ao ser espetado com um garfo), tirar o barbante e fatiá-lo. Arrumar num prato, colocando o mil-folhas de batatas cortado com um aro de 80 mm de diâmetro no centro do prato e o cordeiro fatiado em volta, regando-o com o molho de carne reduzido.

o lobo e a garça

Um lobo engasgou-se com uma costela da sua última vítima. E, desesperado, ficou vagando pela floresta, procurando quem o ajudasse. Logo encontrou uma garça que, com seu longo bico, tinha credenciais para livrá-lo do sofrimento.

Com toda a doçura que conseguiu aparentar e prometendo um prêmio, o lobo convenceu a garça a ajudá-lo.

Com habilidade hipocrática, a garça vasculhou-lhe a traquéia e conseguiu extrair o osso. Terminada a tarefa, a garça reclamou o prêmio combinado.

O lobo riu-se da ingenuidade da ave e lembrou:

— Querida, já não é prêmio suficiente teres tirado inteira a cabeça da boca de um lobo?

Conclusão de Esopo: Para os mal-intencionados, gratidão e justiça não estão associadas.

Lasanha de cavaquinha, funcho e tomate

ingredientes: *500 g de cauda de cavaquinha limpa, 400 ml de azeite de oliva, 1 dente de alho picado, 5 dentes de alho inteiros e descascados, 100 g de cebola picada, 150 ml de vinho branco seco, 2 folhas de louro, 400 g de funcho já cozido* al dente *no vapor, 50 g de salsa picada, 1 l de caldo de peixe, 150 g de manteiga, 50 g de tomilho, 1 talo de alho-poró, 100 g de farinha de trigo, 500 g de tomates maduros mas firmes, 300 g de massa para lasanha, sal, açúcar, pimenta-do-reino branca moída.*

modo de fazer: Começar fazendo a *volutée* de peixe; refogar na manteiga alguns galhos de tomilho, 50 g de cebola e o alho-poró. Acrescentar a farinha e cozinhá-la até fazer um *roux* claro. Colocar aos poucos o caldo de peixe fervente e mexer bem com o *fuet*. Deixar ferver e passar a *volutée* no *chinois*; deverá ter a consistência de um molho branco. Reservar. Tirar a pele e as sementes dos tomates e cortá-los em quatro; colocá-los numa travessa, temperar com sal e açúcar, o restante do tomilho, os 5 dentes de alho inteiros e 300 ml de azeite de oliva. Levar ao forno aquecido a 100°C (é importante a temperatura do forno estar certa nesta marca) durante 30 minutos, mexendo várias vezes. Tirar do forno e reservar. Cortar em cubos as caudas de cavaquinha e refogá-las no restante do azeite junto com o restante da cebola, o alho picado e as folhas de louro. Acrescentar o funcho fatiado, mexer durante alguns minutos e acrescentar o vinho branco; deixar evaporar o álcool e temperar com sal e pimenta-do-reino branca. Retirar as folhas de louro, acrescentar a salsa picada e cortar a massa de lasanha em quadrados do tamanho do prato; deverão ser 12 quadrados no total. Montar a lasanha diretamente nos pratos que irão para a mesa, colocando uma camada de *volutée* no fundo, depois a massa, o recheio, ao qual deverão ser acrescentados os tomates cozidos e cortados em tiras, mais um pouco de *volutée*, mais uma camada de massa, e assim sucessivamente, acabando com uma camada de massa coberta por *volutée*. Colocar os pratos no forno já aquecido a 250°C durante 10 minutos e servir, decorando com as folhas do funcho e regando com algumas gotas de azeite de oliva.

o doente e o médico

Visitando um doente, o médico perguntou-lhe:
— Então, como está passando o nosso doentinho?
Ao que o paciente respondeu:
— Doutor, estou com calor. Suando mais do que o normal.
Coçando o cavanhaque, o médico observou:
— Ah..., isto é bom.
Na visita seguinte o doente queixou-se de frio terrível. O médico mais uma vez observou:
— Ah, isto também é muito bom.
Mais um dia, e o paciente já recebeu o médico gritando:

— Doutor, estou me esvaindo de diarréia.

Tapando o nariz, o médico comentou:

— Ótimo, isto é um bom sinal.

Na visita seguinte, o doente urrava em febre. O médico constatou o estado e disse:

— Fantástico. Isto também é animador.

Quando um parente foi visitar o infeliz e perguntou pelo seu estado, o doente respondeu:

— Segundo o meu médico, eu estou morrendo de saúde!

Esopo conclui que, de fora, as pessoas subestimam o sofrimento dos outros.

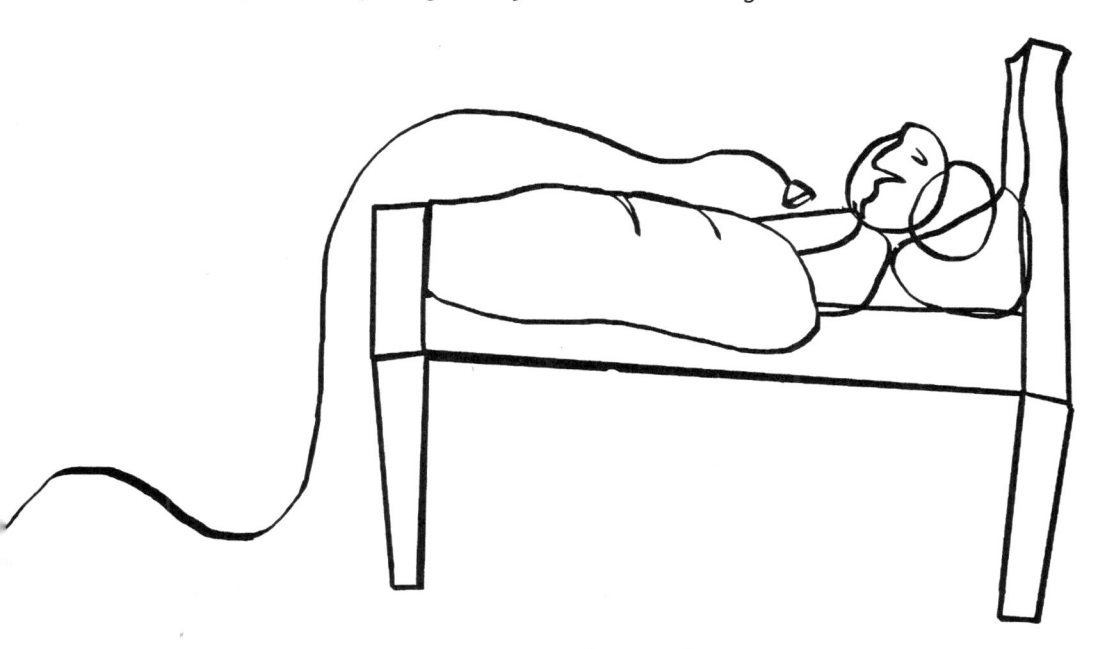

Agnolotti de alcachofra ao ragu de trilha

ingredientes: *Para a massa: 200 g de farinha e 2 ovos. Para o recheio: 300 g de fundos de alcachofra frescos já cozidos no vapor al dente ou congelados, 50 ml de azeite de oliva, 30 g de cebola picada, 1 dente de alho picado, sal e pimenta-do-reino preta moída. Para o molho: 300 g de filé de trilhas, 50 g de cebola picada, 1 dente de alho inteiro, 2 folhas de louro, 50 ml de azeite de oliva, 100 ml de vinho branco seco, 100 ml de molho de tomate, 100 g de tomate em concassé, sal e pimenta-do-reino branca moída, 50 g de salsa picada.*

modo de fazer: Colocar a farinha na mesa de trabalho, abrir um espaço no meio e nele colocar os ovos; misturá-los à farinha com um garfo e daí trabalhar a mistura com as mãos, até obter um composto liso e elástico. Deixar descansar a massa obtida. Para o recheio, picar os fundos de alcachofra e refogá-los com o azeite, a cebola picada e o alho. Acrescentar sal e pimenta, se necessário, e deixar cozinhar em fogo brando até secar bem todo o líquido de cozimento. Esperar esfriar e bater no processador de alimentos. Reservar.

Para o molho, aquecer o azeite e nele dourar o dente de alho; tirá-lo e acrescentar a cebola e as folhas de louro. Refogar até a cebola ficar transparente, e acrescentar as trilhas picadas em cubos; saltear, colocar o vinho branco e, sempre em fogo alto, colocar os tomates em *concassé*. Acrescentar sal e pimenta se for necessário e colocar o molho de tomate. Apagar o fogo e juntar a salsa picada. Reservar. Com a máquina, abrir a massa bem fina e cortá-la em quadrados de 7 cm de lado. Colocar um pouco de recheio no meio de cada quadrado, pincelar as bordas da massa com gema de ovo e fechar cada quadrado, dobrando-o em forma de triângulo, apertando bem as bordas para que sejam seladas, e juntando duas das extremidades, conferindo assim a forma de *agnolotto*. Deverão ser feitos, ao todo, de 5 a 6 *agnolotti* por porção. Cozinhar a massa e servir, colocando os *agnolotti* no fundo do prato e o molho por cima.

o burro e o sal

Carregado com sacos de sal, um burro fazia rotineiramente o transporte de Pireus para Atenas.

Em uma das vezes, ao atravessar um curso d'água que lhe chegava aos joelhos, escorregou e caiu. Molhado, o sal derreteu-se, escoando com a água, deixando, portanto, a carga bem mais leve. O burro encantou-se com a descoberta e, na viagem seguinte, repetiu a façanha. Só que desta vez carregava esponjas. Estas absorveram tanta água que o burro não conseguiu mais se levantar e morreu afogado!

Com esta fábula, Esopo mostra que alguns homens tornam-se vítimas das suas próprias artimanhas. Eu apenas concluo: mas que burro!

Risoto de brócolis e tomate com lulas ao açafrão

Ingredientes: *300 g de arroz para risoto (Arborio ou Carnaroli), 50 g de cebola picada, 150 ml de vinho branco seco, 120 g de manteiga, 100 ml de azeite de oliva, 300 g de lulas cortadas em anéis, 1 dente de alho picado, 1 g de açafrão, 1 l de caldo de peixe, 200 g de pontas de brócolis japoneses já cozidos no vapor* al dente, *100 g de tomate em* concassé, *sal, pimenta-do-reino branca.*

Modo de fazer: Em metade da quantidade do azeite de oliva, refogar o alho, acrescentar os anéis de lula e mexer durante alguns minutos. Juntar 40 ml de vinho branco, deixar evaporar e acrescentar o açafrão, sal e pimenta-do-reino a gosto. Reservar. Refogar a cebola em metade da manteiga, acrescentar o arroz e tostá-lo durante 2 minutos. Juntar o restante do vinho, deixar evaporar e, aos poucos, colocar o caldo de peixe em ponto de fervura. Na metade do cozimento do risoto, acrescentar os brócolis picados e finalizar o cozimento, colocando os tomates no fim. Untar com o restante da manteiga e arrumar nos pratos, colocando no meio de cada risoto as lulas ao açafrão.

o eunuco e o sacerdote

Um eunuco procurou um sacerdote pedindo-lhe que fizesse oração, sacrifício ou até "despacho" a Eros, para que ele lhe devolvesse a capacidade de ser pai.

O sacerdote olhou-o longamente e concluiu, coçando o queixo:

— Eu posso até sacrificar uma cabra ou mil bodes pedindo a Eros que te devolva as ferramentas para seres pai. Mas estou achando difícil é encontrar uma mulher disposta a colaborar contigo.

Esopo não nos deixou sua conclusão para esta fábula. Eu desconfio que ser eunuco vicia.

Ninhos de *spaghetti* em azeite de pimenta, rúcula e *sauté* de camarão

ingredientes: *400 g de* spaghetti, *100 ml de azeite de pimenta, 4 dentes de alho inteiros, descascados e amassados, 200 g de caudas de camarão graúdo, 80 ml de vinho branco seco, 200 g de folhas de rúcula lavadas, 50 g de salsa picada, sal e pimenta-do-reino branca moída.*

modo de fazer: Cozinhar a massa *al dente* e reservar. Deixar corar os dentes de alho em metade da quantidade de azeite, tirá-los e acrescentar as caudas de camarão cortadas em cubos. Refogar durante alguns minutos, juntar o vinho branco, temperar com sal e pimenta, tirar do fogo e colocar a salsa picada. Reservar. Formar 4 ninhos com a massa, colocá-los numa assadeira untada com um pouco do azeite de pimenta e levar ao forno aquecido a 200°C durante 5 minutos. Arrumar num prato, colocando por cima os camarões misturados com a rúcula picada grosseiramente e regando com o restante do azeite.

Para o azeite de pimenta, dourar 4 dentes de alho inteiros, descascados e amassados, em 1 litro de azeite de oliva extravirgem, acrescentar 100 g de pimenta dedo-de-moça picada e aquecer até antes do ponto de fervura. Deixar descansar durante 2 dias e passar o azeite no coador, guardando-o em garrafa de vidro.

A cabra e o burro

Um fazendeiro criava uma cabra e um burro. Como era maior e trabalhava mais, o burro recebia mais alimentos, e isso deixava a cabra com inveja. Esta, então, chamando-o à parte, aconselhou-o:

— Amigo burro, dá uma maneirada nessa sua carga de trabalho. Carrega menos. Dá voltas mais lentas na mó. Assim, o fazendeiro vai achar que você está doente. Você se faz de epilético e se encosta num barranco para descansar.

O burro assim fez, e o fazendeiro, preocupado, chamou um veterinário para examiná-lo.

O veterinário examinou o burro com atenção, apalpou-lhe as costelas, olhou-lhe a língua, as íris, e receitou:

— Dê-lhe uma infusão com pulmão de cabra e ele vai ficar como novo.

E o fazendeiro sacrificou a cabra e "salvou" o burro.

Moral decodificada de Esopo: O feitiço pode virar contra o feiticeiro.

Ravióli de berinjela e queijo de cabra ao molho de azeitonas verdes e tomate

Ingredientes: Para a massa dos raviólis: 200 g de farinha e 2 ovos. Para o recheio: 500 g de berinjelas, 100 g de queijo de cabra fresco tipo Boursin, 20 g de folhas de tomilho picadas, sal, pimenta-do-reino. Para o molho: 200 g de polpa de azeitonas verdes, 200 g de tomates em concassé, 100 ml de azeite de oliva, 50 g de salsa picada.

Modo de fazer: Colocar a farinha na mesa de trabalho, abrir um espaço no meio e nele colocar os ovos; misturá-los à farinha com um garfo e daí trabalhar a mistura com as mãos até obter um composto liso e elástico. Deixar descansar a massa obtida. Enquanto isso, em forno já aquecido a 300°C, assar as berinjelas; deixar esfriar, tirar a casca e colocar a polpa numa bandeja inclinada de modo que saia todo o suco. Misturar a polpa das berinjelas com o queijo de cabra amassado com um garfo, as folhas de tomilho picadas e sal, se for necessário. Com a máquina, abrir a massa bem fina e cortá-la em quadrados de 10 cm de lado. Colocar um pouco de recheio no meio de cada quadrado, pincelar as bordas da massa com gema de ovo e fechar os raviólis com o restante da massa, apertando bem as bordas para que fiquem seladas.

Deverão ser feitos de 2 a 3 raviólis por porção. Para o molho, refogar rapidamente numa frigideira as azeitonas com os tomates, acrescentando sal, se necessário, e colocando no final a salsa picada. Cozinhar a massa em bastante água salgada e servir nos pratos, colocando um pouco de molho no fundo, 2 ou 3 raviólis por cima, e o restante do molho.

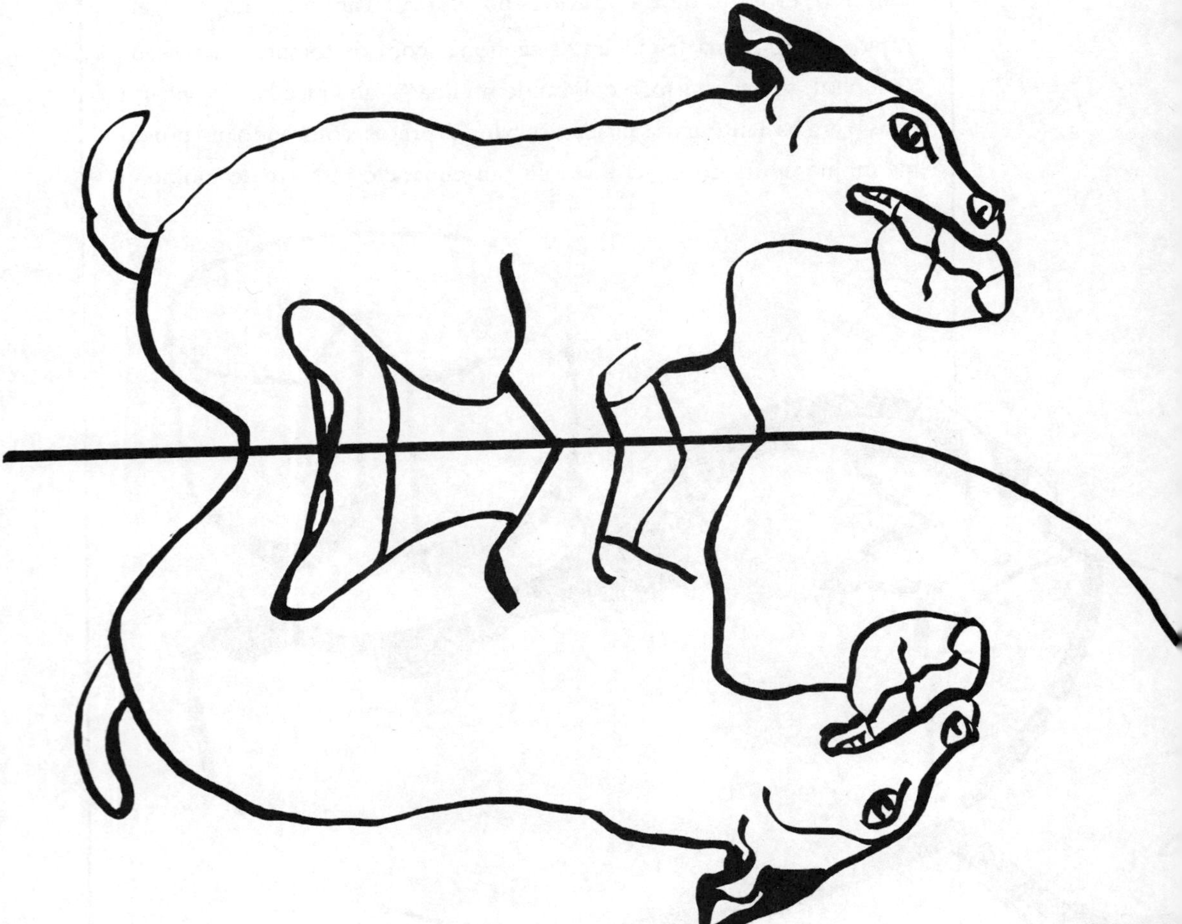

o cão e a carne

Um cão ia carregando um belo pedaço de carne. Ao atravessar um rio, viu a sua imagem refletida na água. Acreditando tratar-se de outro cão com um outro pedaço de carne, o nosso cão atirou-se ao "rival", mas só conseguiu molhar o focinho e perder o seu pedaço de carne real.

Moral da história: 1) O ambicioso acaba perdendo tudo (Esopo); 2) Não acredite em imagens virtuais; 3) A carne é fraca.

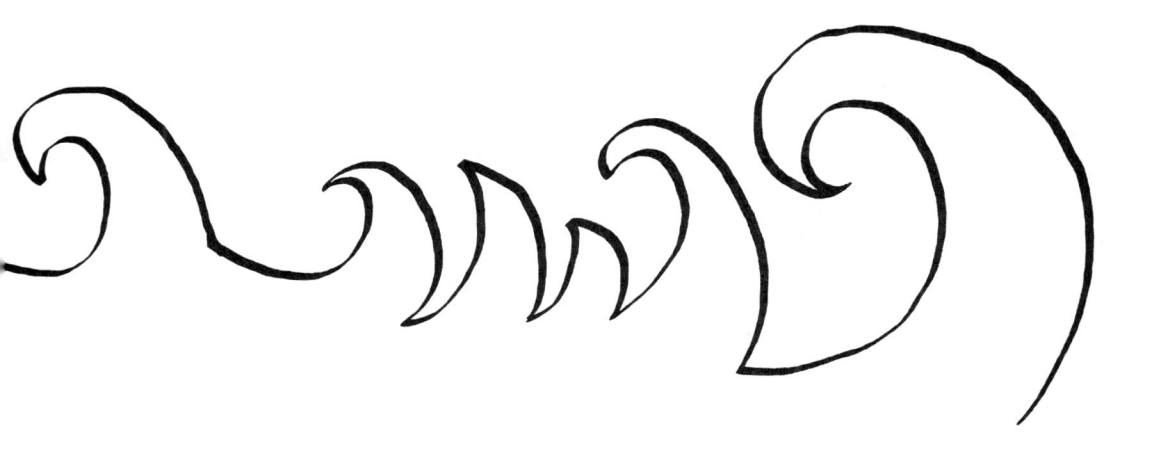

Risoto com pistaches, *magret* de pato e milanesa de sálvia

Ingredientes: *300 g de arroz para risoto (Arborio ou Carnaroli), 50 g de cebola picada, 150 ml de vinho branco seco, 1 l de caldo de carne, 80 g de manteiga, 80 g de queijo parmesão ralado, 150 g de pistaches crus sem casca picados grosseiramente, 1 peito de pato (aprox. 350 g), sal e pimenta-do-reino preta moída na hora, 12 folhas grandes de sálvia, farinha de trigo, azeite de oliva para fritar.*

Modo de fazer: Bater no liqüidificador 130 g de pistaches junto com algumas gotas de azeite e 50 ml de caldo de carne, até obter uma pasta homogênea. Reservar. Com metade da manteiga, refogar a cebola, acrescentar o arroz e tostá-lo durante 2 minutos. Juntar o vinho, deixar evaporar e, aos poucos, colocar o caldo de carne em ponto de fervura. Na metade do cozimento do risoto, acrescentar a pasta de pistaches e continuar com o cozimento. Enquanto isso, temperar o peito de pato com sal e pimenta-do-reino, fazer alguns cortes horizontais e verticais em toda a pele do peito do pato, selar rapidamente na chapa, colocar o peito de pato numa assadeira e levar ao forno em calor brando (150°C) durante 8 minutos. Passar as folhas de sálvia na farinha de trigo, sacudir o excesso, fritar rapidamente em azeite de oliva fervente e secar a gordura da fritura. Terminar o cozimento do risoto, acrescentar a manteiga restante e o queijo parmesão e servir nos pratos, salpicando com o restante dos pistaches picados, porém mais finos, colocar por cima o peito de pato em fatias finas, e finalizar com as folhas de sálvia fritas.

o homem e o leão

Um homem e um leão viajavam juntos (foi Esopo quem disse, não eu!). Cada um contava vantagem tentando impressionar o outro, quando, na beira da estrada, encontraram uma ânfora pintada com a figura de Hércules estrangulando o Leão de Neméia.

O homem se alegra e chama a atenção do leão:

— Está vendo como o homem é mais forte do que as feras?

Sorrindo com desprezo, o leão retrucou:

— Pena que os leões não saibam pintar.

Conclusão de Esopo: É fácil vangloriar-se por meio de palavras.

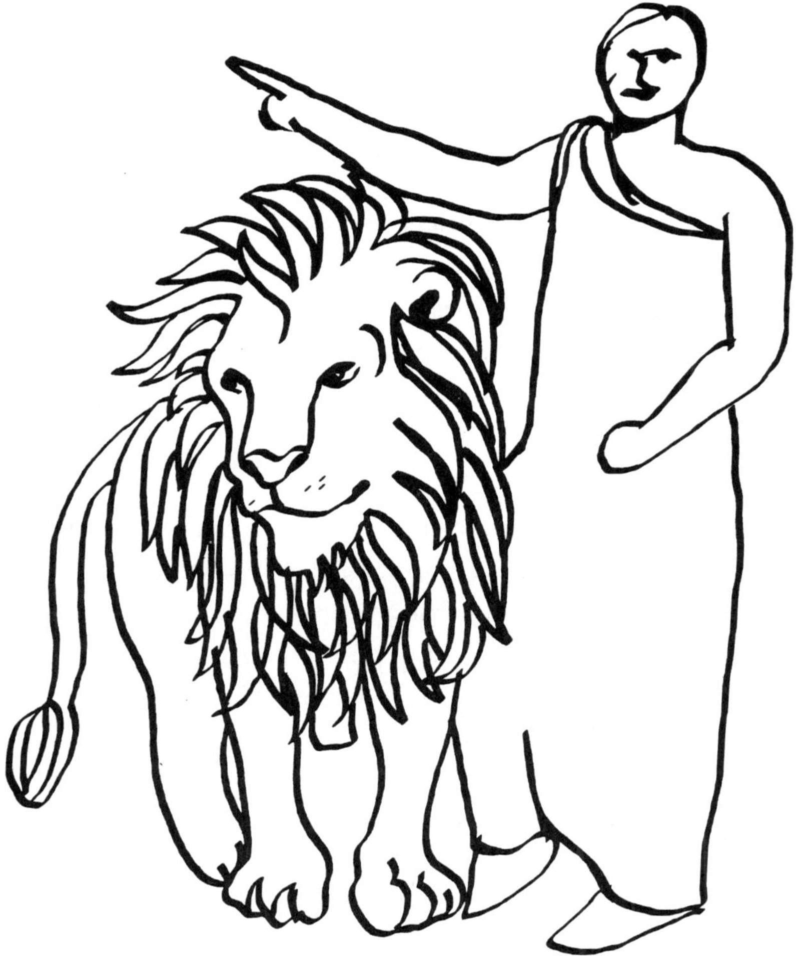

Tagliatelle ao creme de presunto cru, *pesto* de salsa e amêndoas e ragu de truta

ingredientes: *400 g de tagliatelle (massa pronta), 300 g de presunto cru em uma única fatia, 2 folhas de louro, 5 g de sálvia, 5 g de alecrim, 50 g de cebola picada, 2 dentes de alho picados, 100 ml de vinho tinto, 200 ml de creme de leite, 200 ml de caldo de carne, 100 g de salsa, 80 g de amêndoas já sem pele, 100 ml de azeite de oliva, 200 g de filé de truta, 150 g de manteiga, 50 ml de vinho branco seco, sal e pimenta-do-reino preta moída.*

modo de fazer: Cortar o presunto em cubos e refogá-lo em 100 g de manteiga junto com a cebola, 1 dente de alho e as ervas. Mexer bem durante alguns minutos e acrescentar o vinho tinto. Mexer até o vinho evaporar e depois acrescentar o caldo de carne e o creme de leite. Deixar ferver em fogo brando durante 15 minutos, apagar o fogo e bater no liqüidificador. Passar num coador de malha fina, espremendo bem, e colocar o creme obtido novamente no fogo para adquirir consistência. Reservar. Para o *pesto*, picar muito bem a salsa e misturá-la numa tigela com as amêndoas picadas e o alho restante. Colocar o azeite aos poucos e misturar bem. Reservar. Para o ragu, saltear rapidamente a truta picada em cubos na manteiga, acrescentar o vinho branco e acrescentar sal e pimenta, se necessário.

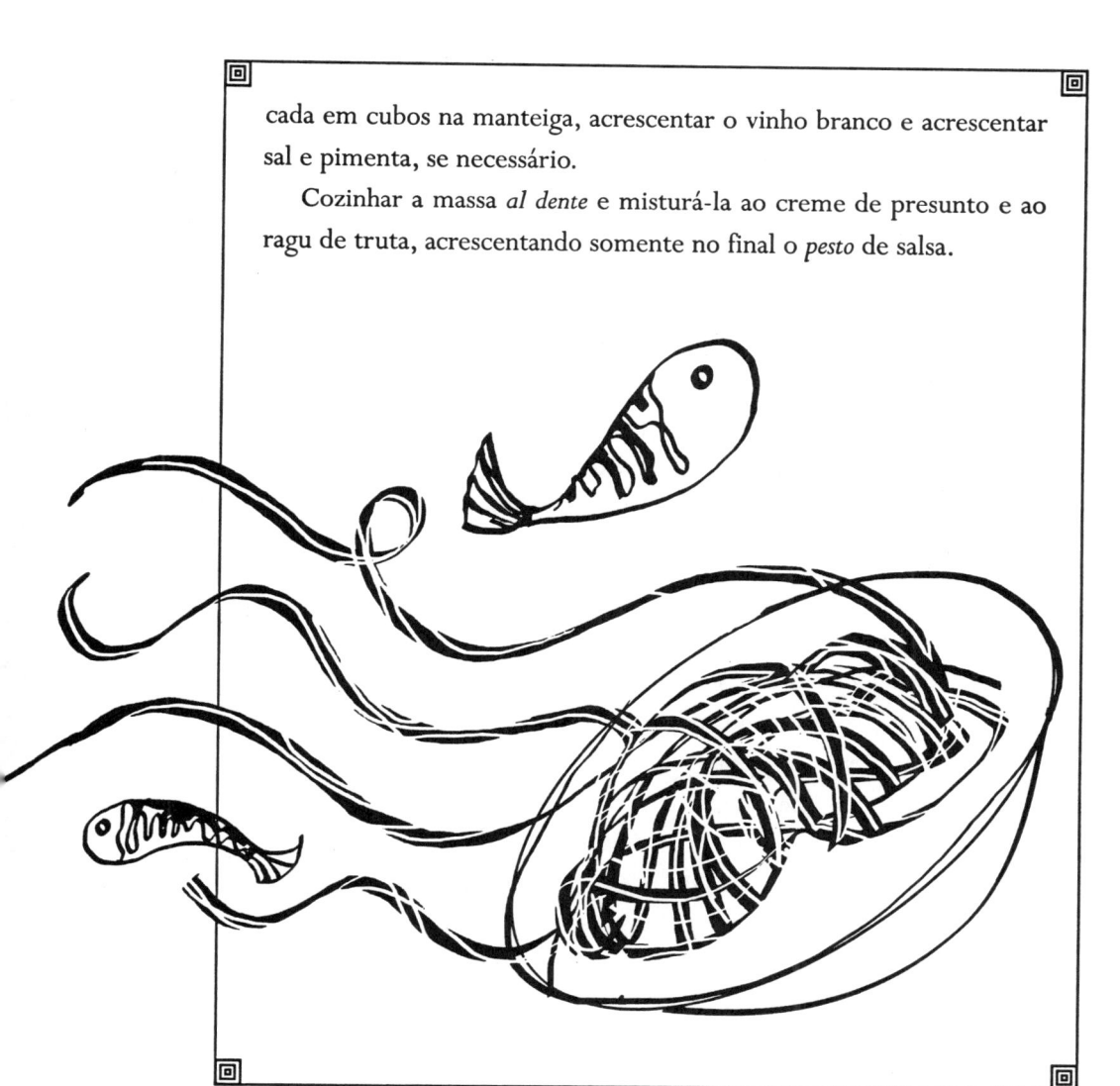

Cozinhar a massa *al dente* e misturá-la ao creme de presunto e ao ragu de truta, acrescentando somente no final o *pesto* de salsa.

A cigarra e a formiga

Esta fábula, repetida por La Fontaine, é talvez a mais conhecida de Esopo. Tão conhecida que dela já existem inúmeras versões, além de piadas. Vamos nos ater ao original:

Durante a primavera e o verão, a formiga trabalhou duramente, recolhendo folhas e grãos, estocando-os para o inverno.

Enquanto isso a cigarra cantava, aproveitando o bom tempo e musicando a estação. Chegou o inverno trazendo o frio, os campos gelaram e a falta do sol não mais inspirou a cigarra a cantar. Então, faminta e enregelada, foi a cigarra bater à porta da formiga, implorando-lhe algum alimento.

— Mas por que não fizeste as tuas reservas durante o verão? — perguntou-lhe maliciosamente a formiga.

— Porque eu estava ocupada.

— Ocupada? Com quê?

— Cantando!

— Ah! — riu a formiga. — Pois se cantavas no verão, agora dança no inverno.

Esopo conclui que, mesmo que as circunstâncias conduzam à negligência, não se deve esquecer as possíveis vicissitudes do futuro.

Risoto com ragu de codorna e abobrinhas

Ingredientes: *300 g de arroz para risoto (Arborio ou Carnaroli), 50 g de cebola picada, 200 ml de vinho branco seco, 1,2 l de caldo de carne, 150 g de manteiga, 80 g de queijo parmesão ralado, 300 g de carne de codorna, sem ossos ou pele, cortada em cubinhos, 40 g (de cada) de aipo, cenoura, cebola e alho-poró picados em cubinhos, 50 ml de azeite de oliva, 30 g de ervas aromáticas picadas (alecrim, sálvia, tomilho), 100 ml de molho* demi-glace, *sal, pimenta-do-reino preta, 100 g de abobrinhas cortadas em juliana, azeite de oliva para fritar.*

Modo de fazer: Refogar a carne de codorna em 70 g de manteiga e no azeite até dourar. Acrescentar os legumes picados, mexer bem durante alguns minutos, juntar 80 ml do vinho branco, deixar evaporar e acrescentar as ervas picadas e 200 ml de caldo de carne. Temperar com sal e pimenta, abaixar o fogo e deixar cozinhar durante 20 minutos. No final do cozimento, colocar o molho *demi-glace*, aumentar o fogo durante 3 minutos, apagar e reservar. Em metade da manteiga, refogar a cebola, acrescentar o arroz e tostá-lo durante 2 minutos. Colocar o restante do vinho, deixar evaporar e, aos poucos, juntar o caldo de carne em ponto de fervura. No final do cozimento do risoto, acrescentar o ragu de codorna. Finalizar o cozimento do risoto, juntando a manteiga restante e o queijo parmesão. Servir nos pratos, colocando por cima de cada risoto as abobrinhas fritas em azeite de oliva fervente e escorridas em papel-toalha.

o avarento

Um homem transformou toda a sua fortuna em um lingote de ouro e o enterrou em um lugar secreto. E todo dia ele ia lá e "curtia" o seu capital como se cultua uma imagem num templo.

Um trabalhador observou aquela rotina e, na ausência do avarento, foi ver o que de tão precioso guardava a cova. Desenterrou o ouro e levou-o consigo, para, com certeza, fazer dele melhor proveito.

No dia seguinte, o avarento voltou e encontrou apenas um buraco vazio. Desesperou-se, chorou, arrancou os cabelos, rasgou a roupa.

Uma pessoa que vinha passando perguntou-lhe:

— O que te aconteceu de tão terrível, compadre?

— Ai de mim. Durante toda a vida trabalhei, fiz negócios, emprestei dinheiro. Depois, transformei tudo em um lindo lingote de ouro que enterrei aqui, e vinha todo dia deleitar-me com a minha fortuna. Até que, hoje, algum desalmado a roubou.

— E como usufruías a tua fortuna?

— Amando-a. Cultuando-a. Sentindo-me seguro por tê-la.

— Então o teu problema é de fácil solução — riu o passante. — Enterra uma pedra, imagina que é o teu ouro, e ela vai servir-te do mesmo modo que o lingote. Não vai servir para nada!

Esopo mostra que a posse nada significa se não se usufrui dela. Eu acho que o dólar ainda é a melhor aplicação.

Atum em crosta de azeitonas com gnocchi de berinjelas ao molho de aipo

ingredientes: *4 filés de atum de 200 g cada, 100 g de pão de fôrma sem casca bem picado, 100 g de polpa de azeitonas chilenas pretas graúdas picadas, sal, pimenta-do-reino branca, 800 g de batatas, 600 g de berinjelas (mais ou menos 2 berinjelas grandes), 30 g de tomilho picado, farinha de trigo, 300 g de talos de aipo (a parte branca), 1 dente de alho picado, 50 g de cebola picada, 100 ml de azeite de oliva.*

Modo de fazer: Para os *gnocchi*, cozinhar em bastante água salgada as batatas e, ao mesmo tempo, assar em forno aquecido a 250°C as berinjelas espetadas anteriormente com um garfo. Assim que estiverem cozidas, descascá-las e deixar descansar por cerca de 30 minutos num plano inclinado para que possam perder o líquido amargo. Picar muito bem e reservar. Quando as batatas estiverem cozidas, descascá-las e espremê-las sobre uma mesa salpicada com farinha, acrescentar as berinjelas, o tomilho e mexer bem o composto dando a liga necessária com a farinha. Acrescentar sal a gosto, abrir em cilindros longos e finos, dando o formato clássico de *gnocchi*. Cozinhar em água salgada fervente e, logo que subirem à superfície, escorrê-los bem e colocá-los rapidamente sobre uma superfície lisa e fria (um tampo de aço ou mármore) untada com azeite. Reservar. Para o molho, cortar em cubinhos o aipo e refogá-lo no azeite com a cebola e o alho até ficar bem macio. Temperar o atum com sal e pimenta-do-reino preta e grelhar na chapa quente untada com um fio de azeite. Misturar bem o pão de fôrma com as azeitonas, acrescentando, se necessário, um pouco de azeite para dar a liga. Colocar o composto sobre os filés de atum e levar ao forno quente durante alguns minutos para dourar a crosta. Servir, colocando nos pratos o atum no meio e os *gnocchi* aquecidos e misturados ao molho de aipo em volta.

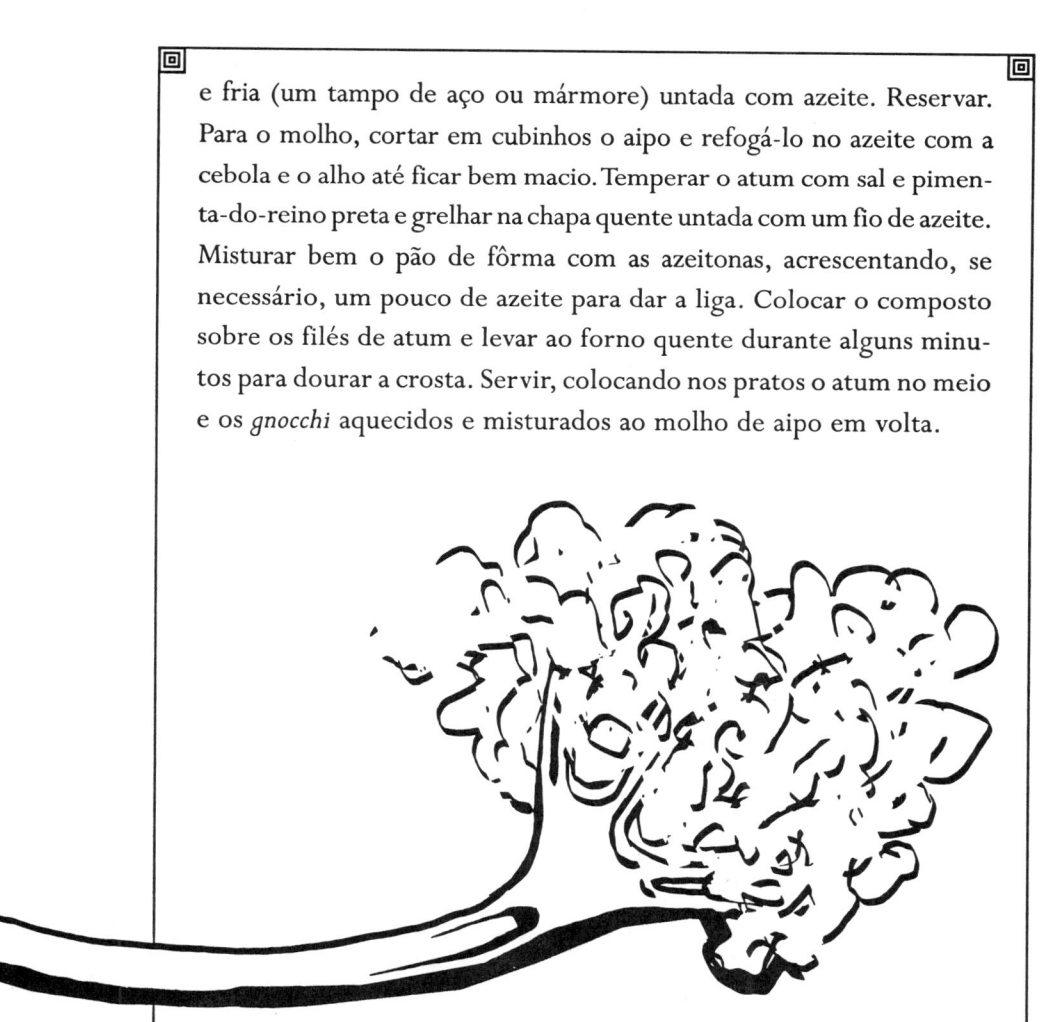

A lebre e a tartaruga

Outra fábula consagrada de Esopo.

Sabe-se lá por quê, uma lebre e uma tartaruga discutiam sobre qual das duas seria a mais veloz. Discussão estranha sobre uma resposta óbvia. Contudo, como essas discussões só se resolvem na prática, os dois bichinhos marcaram uma corrida.

Dada a partida, como seria de se esperar a lebre largou na frente. Talvez até mais veloz do que o necessário, para poder se exibir. A tartaruga, devagar e sempre, foi fazendo a sua pista. Sem perigo de derrapar nas curvas ou bater no *guard-rail*. A lebre ganhou distância. Se naquela época se marcasse o tempo, ela estaria umas dez ampulhetas na frente. Mas, por vaidade ou excesso de confiança, resolveu fazer um *pit-stop*. A tartaruga jamais a alcançaria.

    E tão confiante estava que pegou no sono. E no sono continuava quando a tartaruga passou por ela e ganhou a corrida.

Esopo quis nos dizer que o trabalho e a persistência podem vencer os dons naturais e o excesso de confiança. Eu já aconselho apostar na dupla e no placê.

Cozido de peixe-espada ao orégano fresco sobre *burgul* com cebola caramelizada

ingredientes: *Para o cozido: 800 g de filé de peixe-espada, 120 ml de azeite de oliva, 100 g de cebola picada grossa, 1 talo de aipo picado grosso, 1 batata média cortada em cubinhos, 2 tomates picados, sem pele e sem sementes, 2 dentes de alho picados, 100 ml de vinho branco seco, 4 folhas de louro, 40 g de folhas de orégano fresco, sal, pimenta-do-reino branca, 350 ml de caldo de peixe.*

para o burgul: *300 g de burgul de moagem grossa, 150 ml de azeite de oliva, 100 g de manteiga, 700 g de cebolas descascadas e fatiadas em juliana fina, 100 g de açúcar, sal, 1 l de caldo de peixe.*

modo de fazer: Para o *burgul*, deixá-lo de molho em água morna durante 15 minutos, escorrer e reservar. Numa panela grande, aquecer o azeite e a manteiga, acrescentar o açúcar, deixá-lo caramelizar de leve, colocar a cebola e refogá-la mexendo bem até ficar transparente. Acrescentar sal, abaixar o fogo e cozinhar bem devagar, mexendo com freqüência até a cebola ficar com uma cor bem escura. Colocar o *burgul* aos poucos, sempre mexendo, e o caldo de peixe à medida que estiver secando. O *burgul* deverá ficar úmido, cozido, mas não encharcado. Pode ser que sobre caldo. Reservar, tampando a panela.

Para o cozido, refogar a cebola e o alho no azeite, acrescentar o aipo e a batata, mexer bem e colocar o peixe cortado em escalopes. Acrescentar as ervas, o vinho, deixando-o evaporar, sal e pimenta, os tomates e o caldo de peixe aos poucos. Cozinhar em fogo lento e depois arrumar numa travessa, colocando o *burgul* no meio do prato e o cozido de peixe-espada por cima.

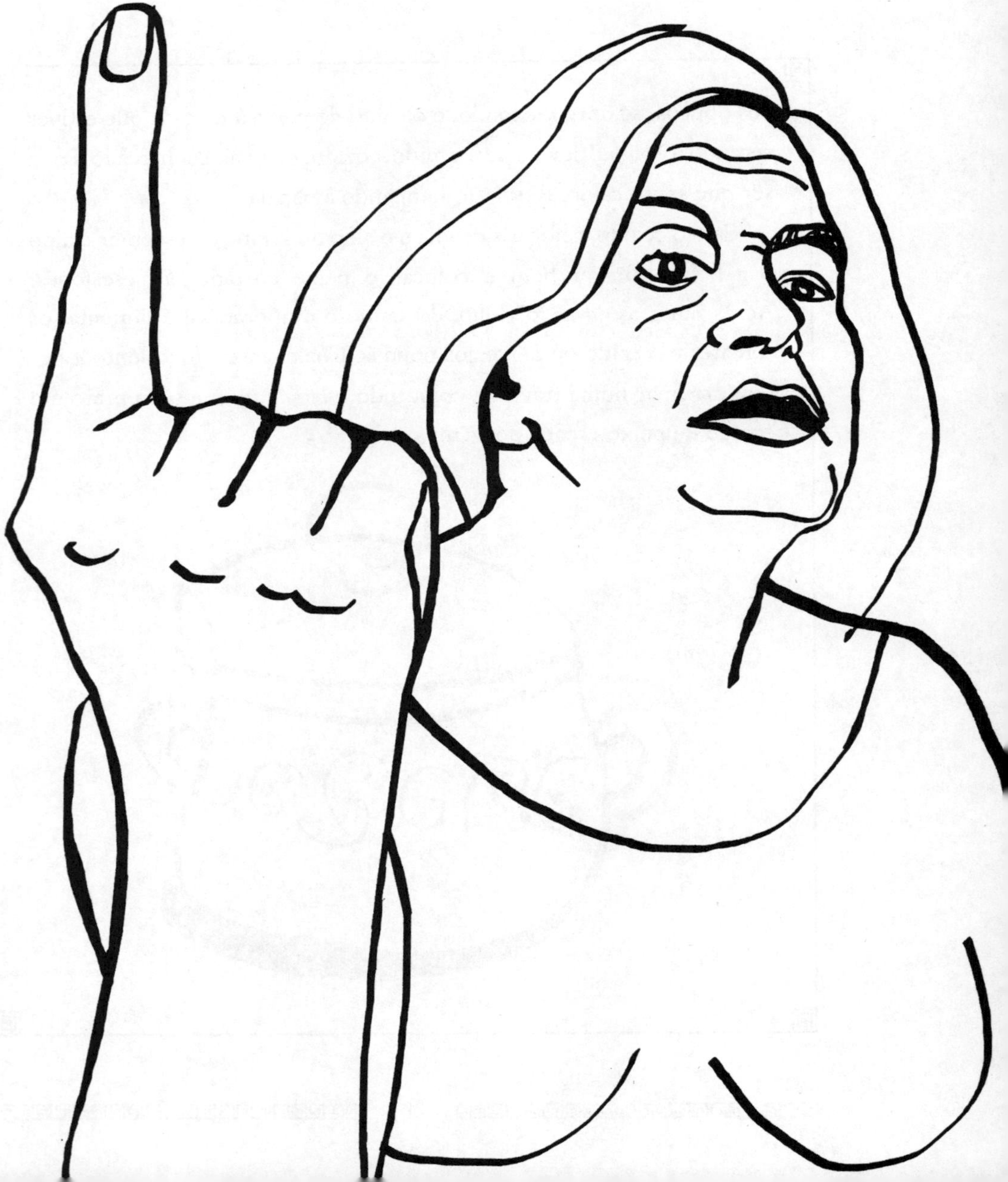

A mulher rabugenta

Uma mulher era rude, grosseira e autoritária — além de outros predicados — com os serviçais da casa. O marido, que devia ser um estatístico, ficou curioso para saber se aquela seria uma atitude específica em relação aos seus próprios criados ou se seria extensiva a todos os serviçais do mundo.

Assim, com um pretexto qualquer, mandou a mulher para a casa dos pais, a fim de saber se ela teria igual procedimento para com outros empregados.

Alguns dias depois a mulher voltou e o marido lhe perguntou:

— Como os nossos empregados a receberam?

— Bem — respondeu a mulher —, já quando eu vinha chegando, os pastores, vinhateiros e jardineiros me olhavam de lado.

— Então observe, mulher: se os que trabalham fora da casa já a olharam atravessado, o que pode esperar daqueles que convivem com você o tempo todo?

Esopo nos transmite uma conclusão um tanto nebulosa: Por meio das pequenas coisas se conhecem as grandes, e por meio do que é visível, o que está escondido.

De minha parte, acho que ser serviçal é duro de qualquer maneira.

Atum em úmido com *caponata*

ingredientes: *1 kg de filé de atum, 6 folhas de louro, 100 g de cebola picada, 2 dentes de alho descascados e picados, 100 ml de azeite de oliva, 20 g de folhas de orégano fresco, sal e pimenta-do-reino branca moída, 100 ml de molho de tomate fresco, 50 g de azeitonas pretas graúdas fatiadas, 50 g de alcaparras escorridas do sal, 100 ml de vinho branco seco.* Para a caponata: *2 berinjelas (sem o miolo central) cortadas em cubos, 3 talos de aipo (sem o fio) cortados em cubos, 1 cebola média cortada em juliana, 100 ml de azeite de oliva, sal, pimenta-do-reino preta moída, 50 g de azeitonas verdes graúdas fatiadas, 50 g de alcaparras escorridas do sal, 70 g de tomates sem pele e sem sementes, cortados em cubos, 50 g de mel, 30 ml de vinagre balsâmico, 20 g de folhas de manjericão.*

modo de fazer: Para a *caponata*, refogar a cebola no azeite de oliva em fogo alto. Acrescentar separadamente as berinjelas e o aipo. Mexer bem e colocar as azeitonas, as alcaparras e os tomates. Temperar com sal e pimenta, deixar cozinhar por mais alguns minutos, apagar o fogo, juntar as folhas de manjericão picadas grosseiramente (se forem grandes) e reservar. Assim que a *caponata* esfriar, acrescentar uma emulsão feita com o mel e o vinagre balsâmico. Mexer bem e reservar. Para o atum, cortar o peixe em cubos de 3 cm de lado. Numa frigideira, aquecer o azeite com as folhas de louro e refogar o alho e a cebola. Acrescentar o atum, dourá-lo de todos os lados, juntar o vinho branco, deixar evaporar o álcool e colocar o molho de tomate, as azeitonas e as alcaparras. Acrescentar sal e pimenta, se necessário, e colocar o orégano fresco antes de apagar o fogo. Tirar as folhas de louro e servir quente com a *caponata* morna.

o fanfarrão

Um atleta de pentatlo, desacreditado pelos seus maus resultados, viajou para Olímpia e, ao voltar, vangloriou-se de ter conseguido dar o salto mais extenso já realizado nos Jogos de lá. Ofereceu como testemunhas todos os que estiveram presentes àquela competição.

Mas um concidadão observou:

— Meu jovem, não precisa nos oferecer tantas testemunhas. Imagine que estamos em Olímpia e repita a façanha.

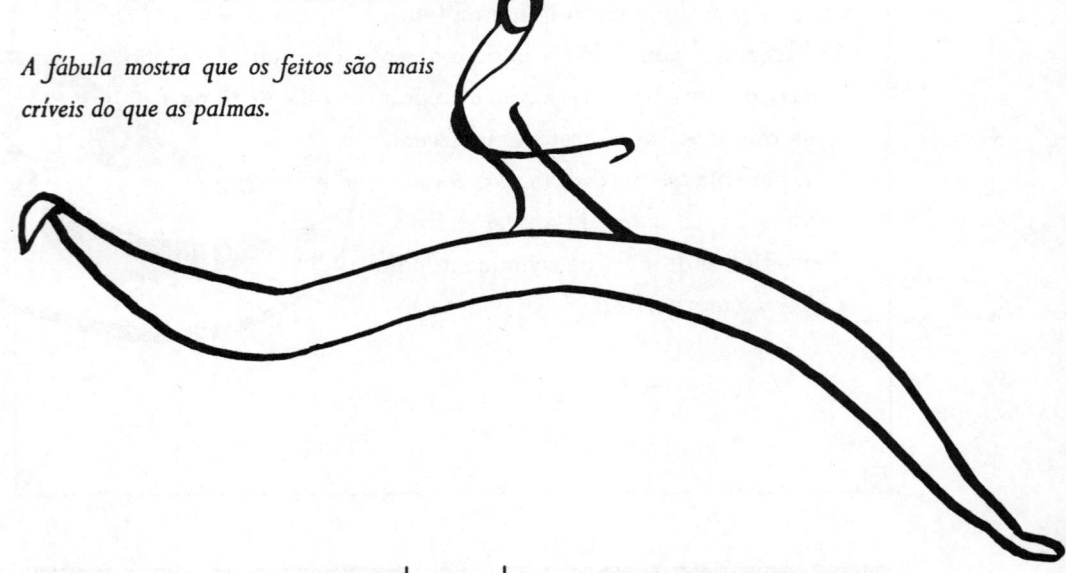

A fábula mostra que os feitos são mais críveis do que as palmas.

Cherne em folhas de uva ao creme de gergelim e alho com cenoura crocante ao gengibre

Ingredientes: 800 g de filé de cherne, sal e pimenta-do-reino branca, azeite de oliva, folhas de uva frescas, 100 ml de molho *tahine*, 2 dentes de alho bem picados, 300 ml de *volutée* de peixe, 600 g de cenoura cortada em juliana com a mandolina, 20 g de gengibre em pó, maisena, óleo para fritar.

Modo de fazer: Cozinhar rapidamente as folhas de uva (que deverão ter um tamanho grande) em água salgada (30 g por litro), dando um choque térmico em água e gelo. Reservar. Temperar o cherne, dividido em 8 pedaços, com sal, pimenta e azeite de oliva, e selar rapidamente na chapa quente. Deixar esfriar e enrolar cada pedaço do peixe com folhas de uva como se fosse um charuto ou um embrulho. Cozinhar no vapor durante 12 minutos e reservar em lugar quente. No liqüidificador, bater juntos o *tahine*, o alho e o *volutée* de peixe, colocar numa panela e aquecer devagar. Misturar a cenoura com a maisena, sacudir bem o excesso, colocar o gengibre em pó e fritar rapidamente em óleo quentíssimo, secando bem com papel-toalha. Servir colocando um pouco do creme de gergelim no centro do prato, 2 pedaços do cherne por cima, mais molho, e finalizar com a cenoura crocante.

o veado e o leão

Um veado foi beber em uma fonte. Depois de matar a sede, ficou observando o seu reflexo no espelho d'água. Achou-se até bonito. Porte altaneiro, peito amplo, pêlo sedoso e uma galhada de fazer inveja aos alces da Finlândia. Só não gostou das pernas. Pareciam finas demais para sustentar aquele corpo altivo.

Nisso um leão chegou sorrateiro e saltou sobre o veado, num bote que seria fatal se as finas pernas recém-desprezadas não funcionassem como molas e colocassem o alce fora de perigo. Mas o leão perseguiu a presa pela savana e pelo campo aberto. Mais uma vez as pernas deram conta do recado, e o veado conseguia se afastar cada vez mais do seu perseguidor. Até onde a planície era nua, a distância o mantinha a salvo. Mas o veado cometeu o erro de fugir para a floresta. Ali os seus chifres se embaraçaram nas ramagens e o pobre ficou impedido de correr. O leão alcançou-o com facilidade e cumpriu o seu objetivo: matar e comer a presa.

Antes de morrer, o veado ainda conseguiu filosofar:

— As pernas que eu desprezei foram as que me salvaram, mas me perdi por causa dos chifres, que eram o meu orgulho.

Moral de Esopo: Muitas vezes somos salvos por amigos nos quais não confiávamos, e traídos por aqueles em que acreditávamos.
Eu sou mais pragmático: Não se orgulhe dos seus chifres!

Cozido de polvo e nirá com tabule morno de passas

ingredientes: *Para o cozido: 2 polvos de 1,5 kg cada, 500 ml de vinho tinto, 800 ml de caldo de peixe, 1 cebola média picada não muito fina, 3 talos de aipo sem fio cortados em cubos, 4 folhas de louro, 100 g de azeite de oliva, 3 dentes de alho descascados e amassados, 800 g de tomates maduros sem pele e sem sementes, 700 g de nirá, sal e pimenta-do-reino preta. Para o tabule: 500 g de trigo para tabule, 200 g de passas pretas, 1 cebola média picada, 50 ml de azeite de oliva, 50 g de manteiga, 50 g de salsa picada uma só vez, 30 g de cebolinha cortada uma só vez, sal.*

modo de fazer: Limpar o polvo, tirando os miúdos, os olhos e eventuais sujeiras. Numa panela grande, aquecer o azeite e nele dourar bem os dentes de alho. Tirar o alho e acrescentar a cebola, o aipo e as folhas de louro. Deixar refogar durante alguns minutos, acrescentar o polvo já cortado em pedaços e temperar com sal e pimenta. Aumentar o fogo, deixar dourar o polvo, colocar o tomate e logo em seguida o vinho. Mexer bem e colocar o caldo de peixe. Deixar levantar fervura, abaixar o fogo e cozinhar até o polvo ficar macio (cerca de 45 minutos). No fim do cozimento colocar o nirá cortado em pedaços; tampar a panela e reservar. Para o tabule, deixar o trigo de molho em água morna durante 20 minutos, escorrê-lo bem e reservar. Refogar as passas em manteiga e azeite até incharem, juntar a cebola e logo em seguida o trigo. Mexer bem, acrescentar sal, apagar o fogo e colocar a salsa e a cebolinha picadas. Servir, colocando o tabule no meio do prato e o cozido por cima, decorando com as pontas do nirá.

A águia e o escaravelho

Uma águia perseguia uma lebre. Sem ter quem a socorresse, a lebre só encontrou um escaravelho, e recorreu a ele. Evidentemente, diante de uma águia, só restava ao escaravelho argumentar:

— Amiga águia. Deixe passar. Afinal, essa lebre é tão simpática e magrinha que você certamente achará presa melhor.

Mas a águia, soberba, não tomou conhecimento dessas palavras, e ali mesmo, diante dos olhos do escaravelho, devorou a lebre. Sentindo-se menosprezado, o escaravelho jurou vingar-se da águia, e dali em diante, sempre que a águia se descuidava, o inseto subia ao seu ninho e derrubava os ovos, fazendo com que se quebrassem.

Ante a dificuldade de livrar-se do importuno, a águia foi pedir auxílio a Zeus (afinal, a águia é o pássaro consagrado a Zeus). Zeus, o magnânimo, e que naquele dia estava de bom humor, permitiu que a ave depositasse os ovos no seu próprio colo. De olho, o escaravelho fez uma bola de esterco, e sobrevoando o deus, deixou-a cair no seu colo. Para livrar-se da porcaria e esquecendo os ovos, o deus levantou-se e, mais uma vez, os ovos se quebraram. Depois disso, quando até Zeus falhou, as águias não fazem mais ninho na época em que aparecem os escaravelhos.

Moral de Esopo: Não menospreze o mais fraco, pois um dia ele se vingará.

Fritura mista sobre purê de grão-de-bico e chicória ao limão

Ingredientes: 500 g de lula cortada em anéis, 300 g de camarão médio inteiro, 200 g de vieira, 200 g de manjubinha, 500 g de grão-de-bico, 1 molho de chicória, farinha de trigo, óleo para fritar, 1 limão, sal e pimenta-do-reino preta, 3 dentes de alho descascados e amassados, 70 ml de azeite de oliva.

Modo de fazer: Cozinhar o grão-de-bico (depois de ficar de molho de um dia para o outro) até que esteja completamente cozido. Batê-lo no processador, acrescentando sal a gosto e um pouco da água do cozimento até virar um purê bem cremoso, mas consistente. Reservar. Lavar bem a chicória, cortá-la em pedaços e refogá-la no azeite de oliva aromatizado com os dentes de alho. Temperar com sal e pimenta, e deixar cozinhar até quase secar a água, acrescentando no final o suco do limão. Reservar. Temperar com sal e passar na farinha todos os frutos do mar e os peixes que irão compor a fritura. Sacudir o excesso e fritar em óleo fervente; secar com papel-toalha o excesso de óleo e arrumar o prato, colocando o purê de grão-de-bico aquecido (se for preciso, acrescentar um pouco de azeite de oliva), a chicória sempre aquecida ao lado e a fritura um pouco por cima do purê, decorando com galho de salsa crespa e com fatias de limão.

o mosquito e o leão

Certo dia, um mosquito deve ter acordado mal-humorado, porque resolveu desacatar um leão.

— Saiba que eu não tenho medo de você — proclamou o anófele. — Do que você é capaz? Morder e arranhar? Isso qualquer um faz. Veja uma briga de casal e observe como fica a cara do marido. Digo e repito: não tenho medo de você. Duvida? Vai querer encarar?

E antes que o leão saísse do estado de perplexidade e aceitasse (ou rejeitasse) o repto, com um *zuiminm* atrevido o mosquito atacou-lhe o focinho.

O leão defendeu-se do modo tradicional, isto é: deu um tapa no próprio focinho, tentando esmagar o atrevido. Com um jogo de corpo, o mosquito livrou-se e provocou novo tapa. Desta vez as garras rasgaram a narina do leão. E mais outro tapa, e mais outro, e logo apareceu uma hiena cobiçando a carcaça do leão. Por uma questão de bom senso, e já com a cara arrebentada, o rei da floresta desistiu do combate.

O mosquito vencera. E, vencedor, soprou o *fiummm* da vitória e saiu em vôo planado.

Só que não viu a teia, e um minuto depois já estava sendo devorado pela viúva-negra.

— Pobre de mim — ainda conseguiu dizer —, que venço um leão mas morro nas patas de uma aranha.

Esopo filosofa: Muitas vezes o menor dos nossos inimigos é o mais terrível. Considerando o epílogo, eu diria que a derrota pode estar nos punhos de um peso leve.

Timballo de robalo marinado e berinjela sobre *carpaccio* de *funghi* portobello

Ingredientes: *20 fatias de berinjela cortadas ao comprido com 3 mm de espessura sem a casca, 400 g de robalo, o suco de 2 limões, 300 ml de azeite de oliva, sal, pimenta-do-reino branca, 2 dentes de alho fatiados em lâminas finas, 200 g de* funghi portobello *(somente os chapéus).*

Modo de fazer: Grelhar as fatias de berinjela na chapa bem quente untada com azeite e salpicada de sal. Reservar. Cortar o robalo em fatias finas e temperá-lo com sal e pimenta, o alho fatiado e o azeite com o suco de limão. Deixar marinar durante 2 horas. Colocar as fatias de berinjela em forma de estrela sobre um aro de 100 mm de diâmetro, partindo do centro, deixando fechados todos os espaços. Colocar por cima as fatias de robalo, escorridas do excesso de azeite da marinada, e fechar o *timballo* dobrando por cima as fatias de berinjela. Cortar em fatias finas as cabeças de *funghi portobello*, colocá-las no meio do prato, temperar com uma emulsão de alho picado, sal, pimenta-do-reino preta, azeite de oliva e salsa picada batidos rapidamente no liqüidificador, e por fim colocar por cima o *timballo*, decorando com tomatinhos-cereja cortados ao meio.

as lebres e as rãs

As lebres andavam muito infelizes. Achavam a sua vida miserável, ora fugindo de cachorros, ora de caçadores armados, ora caindo em armadilhas, ora rapinadas por águias e falcões.

— Esta é uma vida desgraçada — pronunciou-se a líder das lebres. — Até a fome nos ameaça. Encontrar alimentos torna-se muito perigoso com os nossos predadores rondando. E vivemos com um medo permanente, que nos estressa e nos desmoraliza. Melhor será morrer do que viver assim.

Com a concordância geral, a resolução foi tomada. Todas iriam jogar-se no lago.

Para que não se arrependessem da decisão, correram todas em tropel em direção à água, ocupada naquele momento pelas rãs. Estas, ao verem a poeira e ouvirem o alarido da chegada das lebres, abandonaram o lago em pânico e, pulando sobre a terra quente, ficaram procurando esconderijo.

Ao ver isso, uma lebre, que parecia ser mais inteligente que as outras, freou a sua desabalada corrida e alertou as companheiras:

— Parem, meninas. Se existem animais mais medrosos do que nós, vale a pena reconsiderar a nossa decisão!

Esopo nos mostra que os infelizes se consolam quando encontram outros mais desgraçados do que eles.

Sardinhas recheadas assadas servidas sobre *guazzetto* de tomate e mexilhões

ingredientes: *1 kg de sardinhas (12 unidades), 4 dentes de alho, 80 g de salsa picada, 100 g de farinha de rosca, sal e pimenta-do-reino branca, 300 ml de azeite de oliva, 1 kg de mexilhões inteiros, 200 ml de vinho branco seco, 800 g de tomates sem pele e sem sementes, cortados em cubos.*

modo de fazer: Limpar as sardinhas, tirando as espinhas, os miúdos e as cabeças e deixando-as abertas. Reservar. Limpar os mexilhões, tirando as barbas, e escová-los bem. Numa panela, aquecer 100 ml de azeite e refogar 2 dentes de alho, descascados e amassados, até ficarem dourados. Acrescentar os mexilhões, mexer bem, colocar o vinho branco, deixar evaporar o álcool e tampar a panela, mexendo de vez em quando. Cozinhar durante 10 minutos, até as cascas dos mexilhões se abrirem; deixar esfriar, retirar a carne das conchas e reservar. Numa tigela, misturar 50 g de salsa, os outros 2 dentes de alho picados, a farinha de rosca, sal e pimenta-do-reino, e azeite suficiente para dar a liga na mistura (cerca de 80 ml). Temperar as sardinhas com sal, pimenta e com um fio de azeite, e recheá-las com a mistura feita antes. Fechar os peixes e colocá-los numa assadeira regada com azeite. Levar ao forno aquecido a 180°C e assar durante 15 minutos. Enquanto isso, refogar rapidamente os tomates no azeite restante, acrescentar os mexilhões picados (cada um em 3 pedaços), corrigir com sal e pimenta e colocar o restante da salsa picada. Arrumar uma travessa, colocando o *guazzetto* de tomate e mexilhões no fundo e as sardinhas por cima.

os lobos e os cães

Certa vez, na Grécia, foi declarada uma guerra entre os lobos e os cães. Embora os lobos já se preparassem para o combate, o general dos cães (um cachorro de Atenas que, pela sua sabedoria, provavelmente pertencia a Péricles) ponderou:

— Sempre é bom refletir antes de agir. Lembrem-se de que, *Canis lupus* ou *Canis familiaris*, somos todos canídeos. O que nos distingue? No máximo, a cultura, já que somos mais chegados aos homens. Uniformizados, eles parecem mais organizados. Porém, sob o uniforme, somos patologicamente iguais. Da nossa parte, apresentamos algumas diferenças de forma: uns são mais peludos, outros mais orelhudos, temos pelagens variadas, e os homens interferiram em alguns de nós, tornando-os cotós, treinando-os para localizarem drogas ou pendurando-lhes um barrilzinho no pescoço. Isso foi chato, pois alguns de nós se tornaram alcoólatras e viciados. Como eu poderia levar para a guerra soldados que, se não estão de acordo com o inimigo, são diferentes apenas nos uniformes?

Esopo lembra que a unidade do ideal é que leva à vitória sobre o inimigo.

Pescada amarela em crosta de milho sobre escarola ao vapor e creme de pimentão

Ingredientes: Para o creme de pimentão: 2 pimentões vermelhos graúdos cortados, sem sementes (cerca de 500 g), 70 g de cebola picada, 1 dente de alho picado, 50 ml de azeite de oliva, 10 g de folhas de tomilho picadas, 100 ml de caldo de carne, 80 ml de vinho branco seco, 150 ml de creme de leite fresco, sal e pimenta-do-reino preta. Para a escarola: 1 pé de escarola cortada em pedaços, 50 ml de azeite de oliva, 2 dentes de alho descascados, sal e pimenta-do-reino preta. Para a pescada: 600 g de filé de pescada cortada em 8 medalhões, sal e pimenta-do-reino branca, farinha de trigo, ovos batidos, sêmola de milho, óleo para fritar.

Modo de fazer: Para o creme de pimentão, refogar a cebola e o alho no azeite, acrescentar o pimentão, temperar com sal e pimenta e juntar o vinho branco. Deixar evaporar, colocar o tomilho, o caldo de carne e o creme de leite. Deixar levantar fervura, tirar do fogo, bater no liqüidificador e passar no *chinois*. Reservar. Para a escarola, lavá-la bem e cozinhá-la no vapor. Numa frigideira, corar os dentes de alho no azeite, acrescentar a escarola escorrida, refogar bem e temperar com sal e pimenta. Tirar os dentes de alho e reservar. Para a pescada, temperar os medalhões com sal e pimenta, passá-los na farinha, tirar o excesso e em seguida passá-los no ovo batido e na sêmola de milho. Fritar em óleo quente até ficarem corados. Tirar, secar bem com papel-toalha e reservar. Montar o prato, colocando no centro o creme de pimentão, a escarola por cima e finalizando com 2 medalhões de pescada por cima.

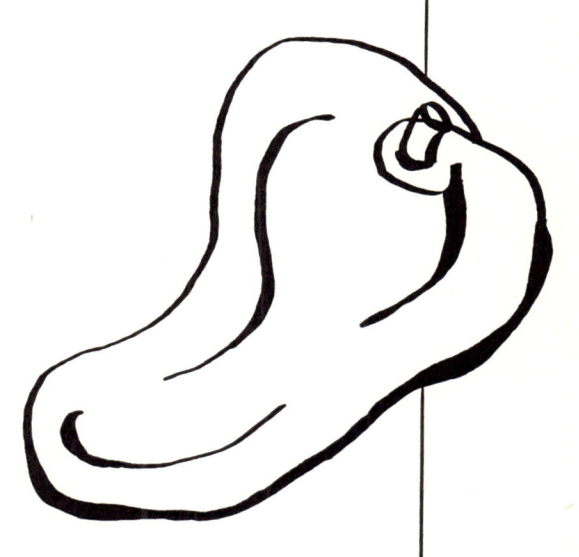

o homem e a estátua

Um homem pobre, que possuía apenas uma imagem de madeira de um deus, suplicava a este, todos os dias, que lhe melhorasse a vida. Mas como o deus não o ajudasse, ou o homem não ajudasse o deus a ajudá-lo, um dia, revoltado, ele pegou a estátua e jogou-a contra a parede. Ela partiu-se e, do seu interior, caíram muitas moedas de ouro. Estupefato, o homem falou para os cacos:

— Tu és um deus muito estranho. Enquanto eu te honrava e te suplicava, não fizeste nada por mim. Agora que te agredi, me cobres de benefícios!

Não insistas para que o deus te ajude;
talvez baste ele quebrar o galho.

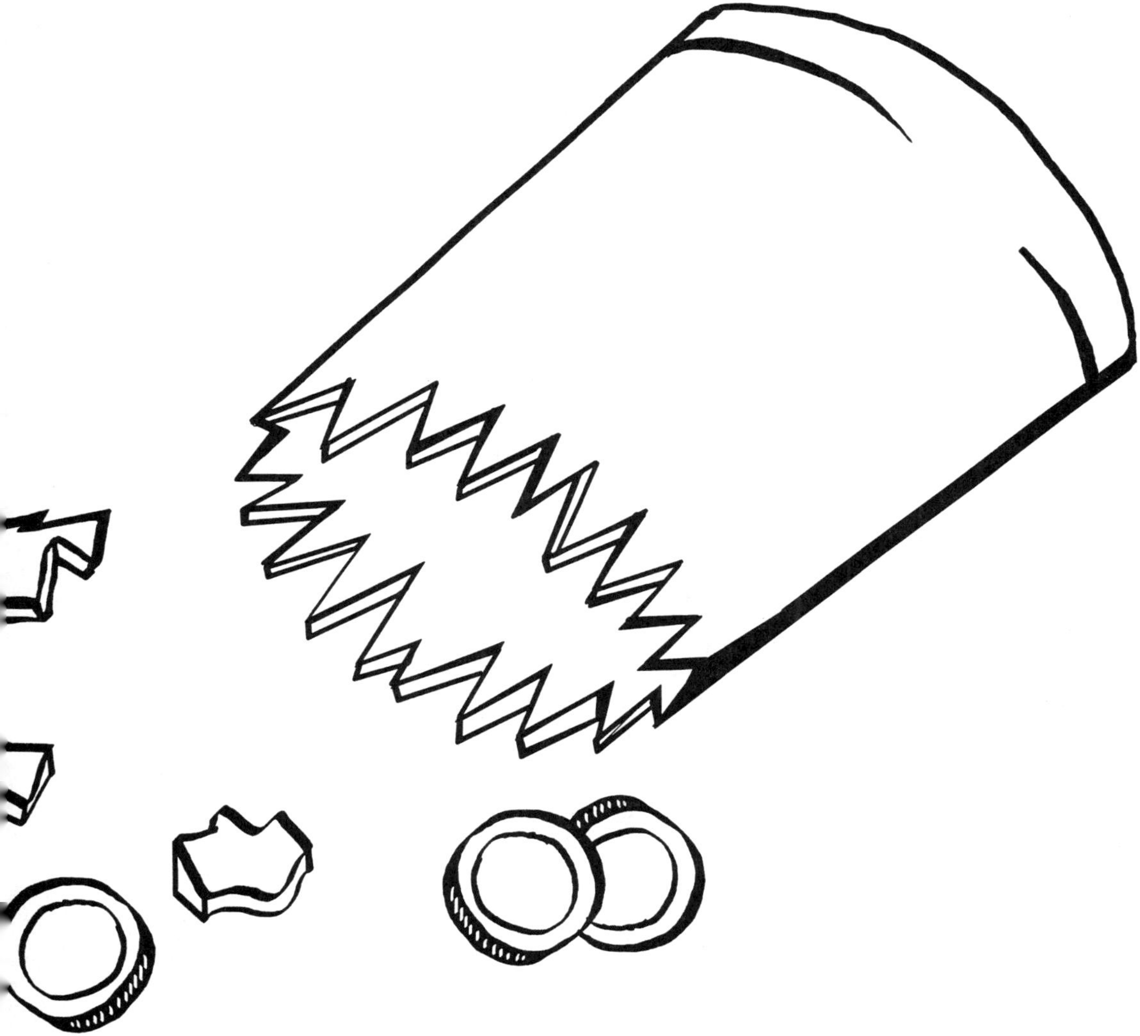

Sopa de lentilhas vermelhas e timo de vitela com alho-poró crocante

ingredientes: *400 g de lentilhas vermelhas, 150 ml de azeite de oliva extra-virgem, 50 g de cebola picada, 50 g de aipo picado, 50 g de cenoura picada, 3 folhas de louro, 300 ml de vinho branco, 1,5 l de caldo de carne, 500 g de timo de vitela limpo de filamentos gordurosos e membranas, 40 g de folhas de sálvia, sal, pimenta-do-reino preta moída, 100 g de alho-poró cortado em juliana fina, 30 g de maisena, óleo para fritar.*

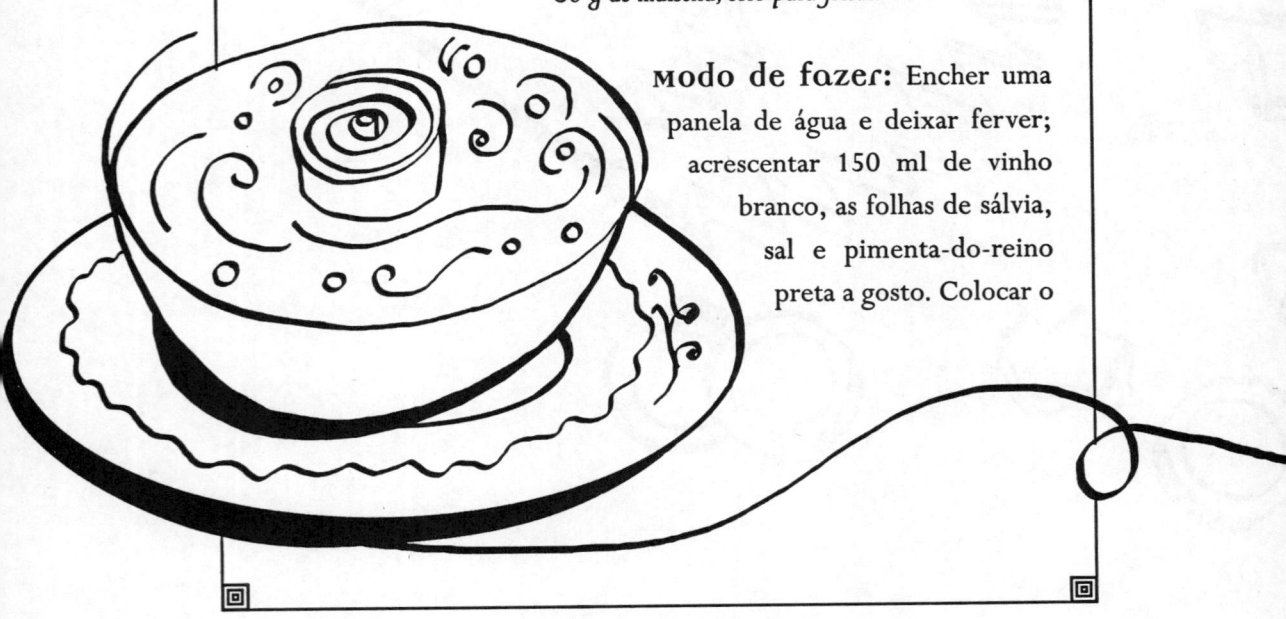

modo de fazer: Encher uma panela de água e deixar ferver; acrescentar 150 ml de vinho branco, as folhas de sálvia, sal e pimenta-do-reino preta a gosto. Colocar o timo de vitela, deixado de molho no leite anteriormente durante 2 horas, e cozinhar durante 15 minutos. Escorrer bem a água e reservar. Numa panela, refogar no azeite de oliva a cebola, o aipo e a cenoura; acrescentar as folhas de louro e as lentilhas. Mexer bem durante alguns minutos, temperar com sal e pimenta, colocar o restante do vinho branco, deixar evaporar o álcool e acrescentar o caldo de carne. Deixar ferver e cozinhar as lentilhas até ficarem macias, acrescentar o timo de vitela cortado em cubos, tirar do fogo e tampar a panela. Passar o alho-poró na maisena, sacudir bem para tirar o excesso e fritar rapidamente em óleo quente. Colocar a sopa nos pratos, deixando no centro o alho-poró crocante.

A galinha dos ovos de ouro

Um homem tinha uma galinha que punha ovos de ouro. A cada dia era um ovinho maior ou menor, mas que lhe garantia um confortável sustento. Como uma aplicação em dólares.

Mas o homem, ambicioso, achou que, matando e abrindo a galinha, dela iria jorrar a fonte que lhe dava um ovo por dia. Iria sacar antecipado.

Mas foi a maior decepção. Por dentro, a galinha era exatamente igual às outras, com coração, fígado, moela. Exatamente como um frango da Sadia.

Só lhe restou comê-la ensopada.

Conclui Esopo: Contente-se com o que você tem e fuja da cobiça insaciável. E eu aconselho: se você já é mágico, por que querer ser legista?

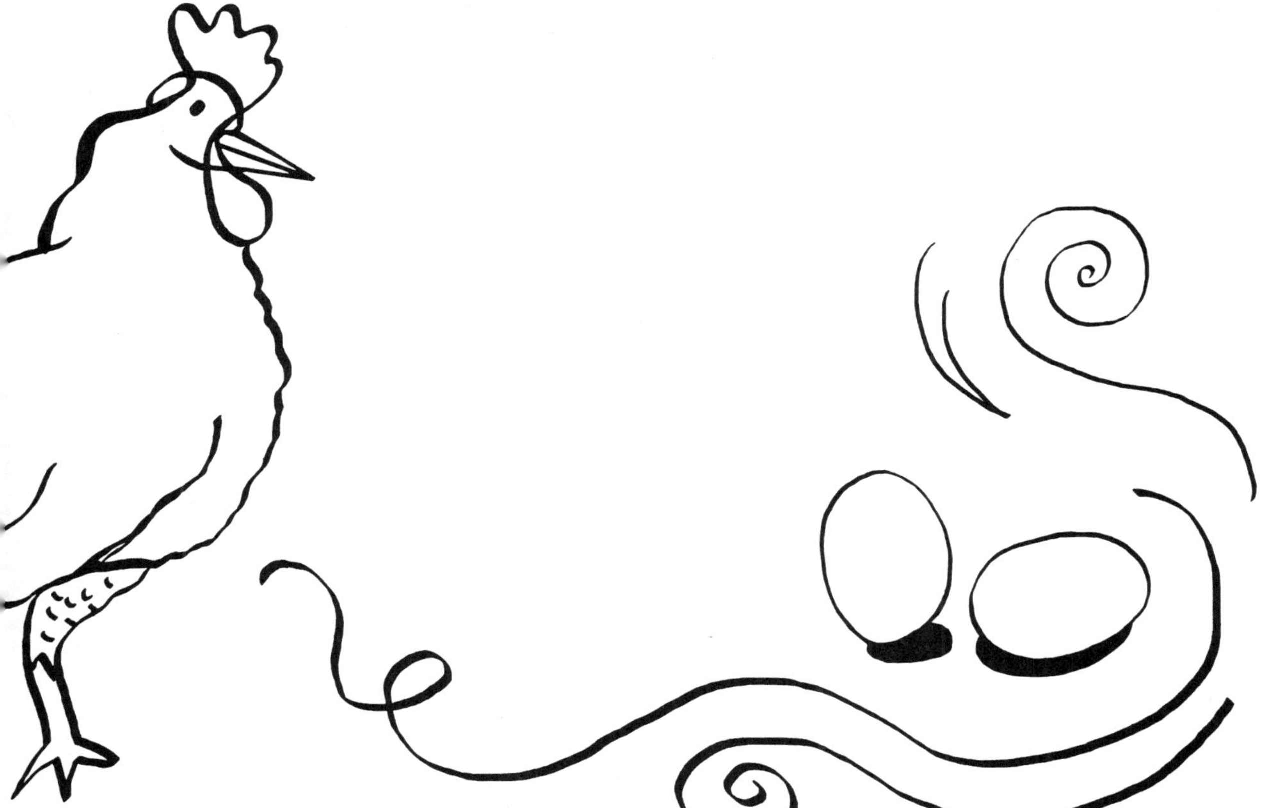

Folhado de frango e couve-nabiça em *guazzetto* de grão-de-bico e miúdos da ave

ingredientes: *200 g de massa* brik *(fila), 1 frango inteiro, 1 maço de couve-nabiça, 4 folhas de louro, 1 cenoura picada, 2 talos de aipo picados, 200 g de cebola picada, 3 dentes de alho, 150 ml de azeite de oliva, 100 g de manteiga, 500 g de grão-de-bico, os miúdos do frango, 80 ml de vinho marsala seco, sal e pimenta-do-reino preta.*

modo de fazer: Numa panela grande, colocar a cenoura, o aipo, metade da cebola, 2 dentes de alho, metade do louro, o frango, sal e pimenta-do-reino, e cobrir a fio com água. Deixar levantar fervura, abaixar o fogo e cozinhar o frango. Tirá-lo do caldo, aguardar que esfrie e desfiá-lo. Passar o caldo no *chinois* e nele cozinhar o grão-de-bico, depois de ficar de molho na água de um dia para o outro. Enquanto isso, limpar a couve e refogar as folhas em metade do azeite e no outro dente de alho picado. Temperar com sal e pimenta-do-reino preta e reservar. Refogar o frango desfiado no restante do azeite, no resto da cebola e na metade da manteiga. Completar o sal e reservar. Abrir a massa *brik* e juntar as folhas de 2 em 2, pincelando as áreas de contato com gema de ovo; espalhar a couve em toda a superfície e por cima o frango.

Enrolar pelo lado comprido e levar ao forno aquecido a 200°C durante 8 minutos. Cortar em pedaços os miúdos do frango, refogá-los no restante da manteiga e flambar com o vinho. Juntá-los ao grão-de-bico, ferver rapidamente e apagar o fogo. Servir colocando em prato fundo o *guazzetto* de grão-de-bico e os miúdos, com o folhado fatiado por cima.

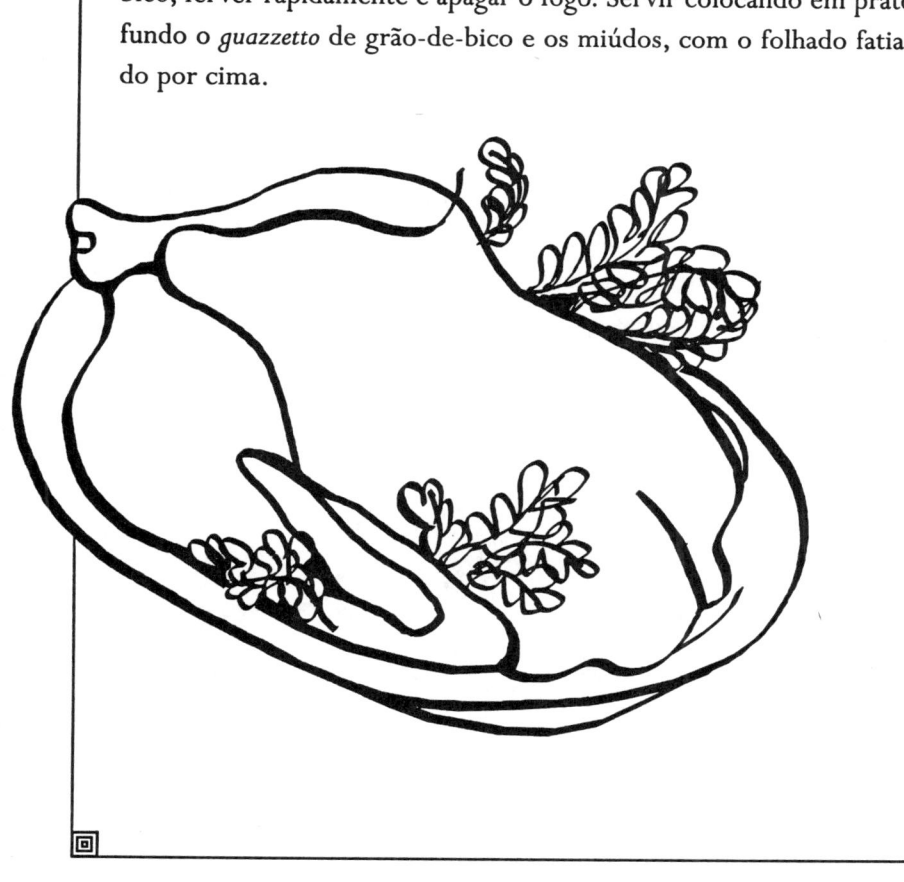

o lobo ingênuo

Acossado por um lobo, um burro decidiu-se pela estratégia de mancar para tentar salvar a vida. Fazer-se de coxo.

— Amigo lobo — disse o farsante —, você está no seu direito de predador, me matar e me comer. O que se pode fazer? É a vida! Contudo, eu tenho um terrível espinho enfiado na minha pata traseira. Se vossa excelência me fizesse o favor de tirá-lo, eu não só morreria sem dor, como evitaria o risco de engasgá-lo com o estrepe.

O lobo achou razoável a argumentação e colocou-se, como se fosse um cirurgião, atrás do quarto posterior do burro, lugar de maior impacto para o coice que levou.

Estropiado, com o focinho amassado e todos os dentes quebrados, o lobo concluiu:

— Bem feito para mim. Meu pai me criou para ser carniceiro e eu me meto a médico!

Esopo e eu concordamos: Mas que lobo bobo!

Lombo de javali com maçãs caramelizadas e castanhas portuguesas sobre polenta fresca

Ingredientes: *Para a polenta: 800 ml de água, 200 g de sêmola de milho, 10 ml de azeite de oliva, sal, 50 g de manteiga. Para o javali: 800 g de lombo de javali, 300 ml de molho* demi-glace, *20 castanhas portuguesas cozidas sem casca, 20 fatias de maçã sem casca e sem sementes, 30 ml de licor de anis, sal e pimenta-do-reino preta, 10 ml de azeite de oliva, 20 g de manteiga.*

Modo de fazer: Para a polenta, deixar a água ferver, colocar sal e a metade do azeite de oliva, e em seguida abaixar o fogo e acrescentar a sêmola de milho aos poucos, mexendo de modo contínuo com o batedor de arame (*fuet*). Cozinhar assim, mexendo de vez em quando, durante 20 minutos. Depois apagar o fogo, juntar a manteiga e mexer bem. Reservar em lugar quente. Temperar com sal e pimenta o lombo de javali e grelhar na chapa quente somente para dar a cor. Acabar o cozimento em forno quente. Enquanto isso, aquecer o molho *demi-glace* acrescentado o licor de anis, e nele deixar as castanhas ferverem. Reservar em lugar quente. Aquecer o azeite e a manteiga numa frigideira e caramelizar as fatias de maçã. Servir, colocando no centro do prato uma colher de polenta (cerca de 150 g) e por cima dela, em camadas alternadas, uma fatia de lombo de javali e uma de maçã. Ao todo, cada prato deverá ter cinco fatias de javali e cinco de maçã. Finalizar com as castanhas em volta da polenta e o molho por cima.

o pastorzinho e o lobo

Um menino era responsável por um grande rebanho de carneiros. Para divertir-se à custa dos vizinhos, o menino inventou de gritar pedindo socorro, dizendo que os lobos estavam atacando o rebanho.

Com paus e pedras, as pessoas acorriam aos gritos do moleque, para depois se sentirem humilhadas com as caçoadas.

Depois de algumas vezes, os aldeões deixaram de preocupar-se em socorrê-lo. Afinal, o pastorzinho era um mentiroso, um gozador, e desrespeitoso com os outros.

Porém, nesse dia uma matilha realmente atacou o rebanho. De nada adiantou o pastorzinho gritar até esgoelar-se.

— Ele que se exploda. Nós não somos palhaços — disseram os aldeões.

E assim o pastorzinho pagou com o seu rebanho o mau hábito de ser mentiroso.

Esopo mostra que as pessoas não acreditam nos mentirosos, mesmo quando eles falam a verdade. E nós achamos que não se deve brincar com lobos e com amigos.

113

Costeletas de cordeiro grelhadas sobre *timballo* de legumes e arroz de especiarias

Ingredientes: *12 costeletas de cordeiro com 2 costelas cada, sal e pimenta-do-reino preta, 50 g de ervas aromáticas picadas (alecrim, sálvia, tomilho), 200 ml de demi-glace em ponto de fervura. Para o arroz: 400 g de arroz parboilizado, 50 g de cebola picada, 1 dente de alho picado, 50 g de manteiga, 50 ml de azeite de oliva, 5 g de cúrcuma, 5 g de canela em pó, 5 g de cardamomo em pó, 2 g de cravo em pó, 50 g de passas pretas, 50 g de pistaches crus picados, 1 l de caldo de carne. Para os legumes: 12 fatias de berinjelas cortadas ao comprido e grelhadas, 12 fatias de abobrinhas firmes, sem muitas sementes, cortadas ao comprido e grelhadas, 1 pimentão vermelho grelhado.*

Modo de fazer: Para o arroz, refogar a cebola e o alho na manteiga e no azeite, acrescentar o arroz, mexer bem, e quando estiver começando a grudar na panela, acrescentar as especiarias e as frutas secas. Temperar com o sal e a pimenta, deixar o caldo de carne ferver, mexer bem, abaixar a chama e tampar a panela, deixando um espaço para o vapor do cozimento sair e cozinhar o arroz. Reservar. Para as costeletas de cordeiro, temperá-las com sal e pimenta e grelhar rapidamente na chapa quente. Salpicá-las com a mistura de ervas e terminar a cocção no forno aquecido a 200°C durante 10 minutos. Enquanto isso, tirar a pele do pimentão grelhado ainda quente e cortá-lo em tiras. Em aros baixos de metal medindo 100 mm de diâmetro, colocar alternadamente 3 fatias de berinjela e de abobrinha, de modo que elas mesmas passem pelo centro do aro, cruzando-se entre elas, deixando as extremidades saindo do aro. Dentro do aro, o espaço deverá ser perfeitamente preenchido pelos legumes. Colocar em cada aro, por cima dos legumes, o arroz de especiarias e algumas tiras de pimentão, e assim fechar o *timballo* com as extremidades dos legumes, sempre alternados. Arrumar numa travessa, colocando o *timballo* no centro do prato e as costeletas de cordeiro por cima dele, de pé, fazendo com que as costelas se entrelacem. Despejar o molho *demi-glace* por cima das costeletas e servir.

o homem, o cavalo, o boi e o cão

Quando Zeus criou o homem, deu-lhe mais inteligência, porém menos longevidade. Com mais inteligência, o homem construiu o seu próprio abrigo e pôde proteger-se melhor nos períodos frios e chuvosos.

Em um período destes, um cavalo procurou o homem e pediu que o abrigasse. O homem, já interesseiro, concordou, desde que o cavalo lhe cedesse alguns anos da sua etapa de vida. Sem alternativa, o cavalo cedeu ao homem um terço da sua longevidade.

Pouco depois apareceu um boi e, em troca de asilo, também cedeu ao homem um terço da sua expectativa de vida.

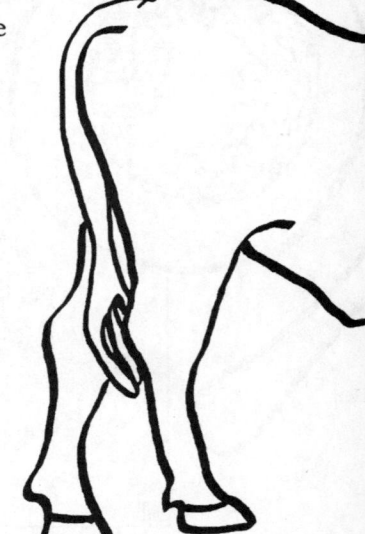

Por fim, transido de frio, surgiu um cachorro e, em troca de abrigo, o homem tomou-lhe também um terço dos seus anos previstos de vida.

Então, o novo ciclo de vida dos homens ficou assim dividido: no primeiro quarto da vida (os anos cedidos por Zeus) os homens são puros e bons; nos anos tomados ao cavalo, eles são gloriosos e altaneiros; no terço tomado ao boi (que passou a significar um quarto para o homem), os homens começam a comandar; mas no período que era do cão, tornam-se rabugentos e irascíveis.

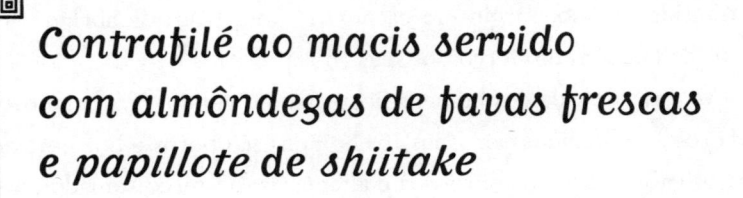

Contrafilé ao macis servido com almôndegas de favas frescas e *papillote* de shiitake

ingredientes: *1 peça de contrafilé com 800-1000 g de peso, sal, pimenta-do-reino preta, 30 g de macis, 4 dentes de alho picados, 60 ml de azeite de oliva, 200 ml de molho* demi-glace*, 4 cebolas médias, 250 g de salsa, 250 g de favas frescas, 6 ovos, 20 g de cúrcuma, farinha de rosca (se necessário), 100 g de manteiga, 300 g de* shiitake *limpo sem o talo, 30 g de ervas frescas picadas (sálvia, alecrim, tomilho).*

modo de fazer: Para o contrafilé, limpá-lo bem do excesso de gordura, temperá-lo com sal, pimenta-do-reino, 20 g de macis e 3 dos dentes de alho batidos no liqüidificador com o azeite de oliva, e amarrá-lo com barbante para deixá-lo com forma regular. Passá-lo rapidamente na chapa quente de todos os lados e colocá-lo em forno aquecido a 160°C durante 45 minutos. Reservar. Para as almôndegas, cozinhar as favas em água salgada, escorrer e, ainda quentes, tirar a casca e passá-las no espremedor de batatas ou no processador. Picar as cebolas, a salsa e o dente de alho até obter um composto homogêneo. Juntar ao purê de favas com os ovos e a cúrcuma. Temperar com o sal e a pimenta-do-reino preta e trabalhar bem a massa. Se ela ficar muito fluida, será necessário acrescentar a farinha de rosca até chegar à consistência certa. Preparar bolinhas do tamanho de uma bola de pingue-pongue, achatá-las um pouco e deixar descansar durante 1 hora sobre uma superfície polvilhada de farinha. Enquanto isso, colocar os cogumelos numa folha de papel-alumínio, temperar com sal, pimenta-do-reino preta, as ervas e a manteiga. Juntar todos os lados do papel-alumínio e fechar, de modo a obter uma trouxinha (*papillote*) e levar ao forno aquecido a 200°C durante 10 minutos. Cozinhar as almôndegas em água salgada fervente durante 15 minutos e finalmente montar o prato, colocando a carne fatiada, 3 ou 4 almôndegas, um pouco do *shiitake*, finalizando com um pouco de molho *demi-glace* fervido com o restante do macis e os líquidos de cozimento do *shiitake* sobre a carne.

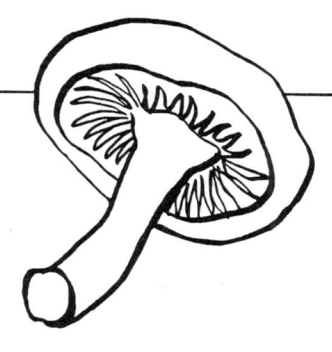

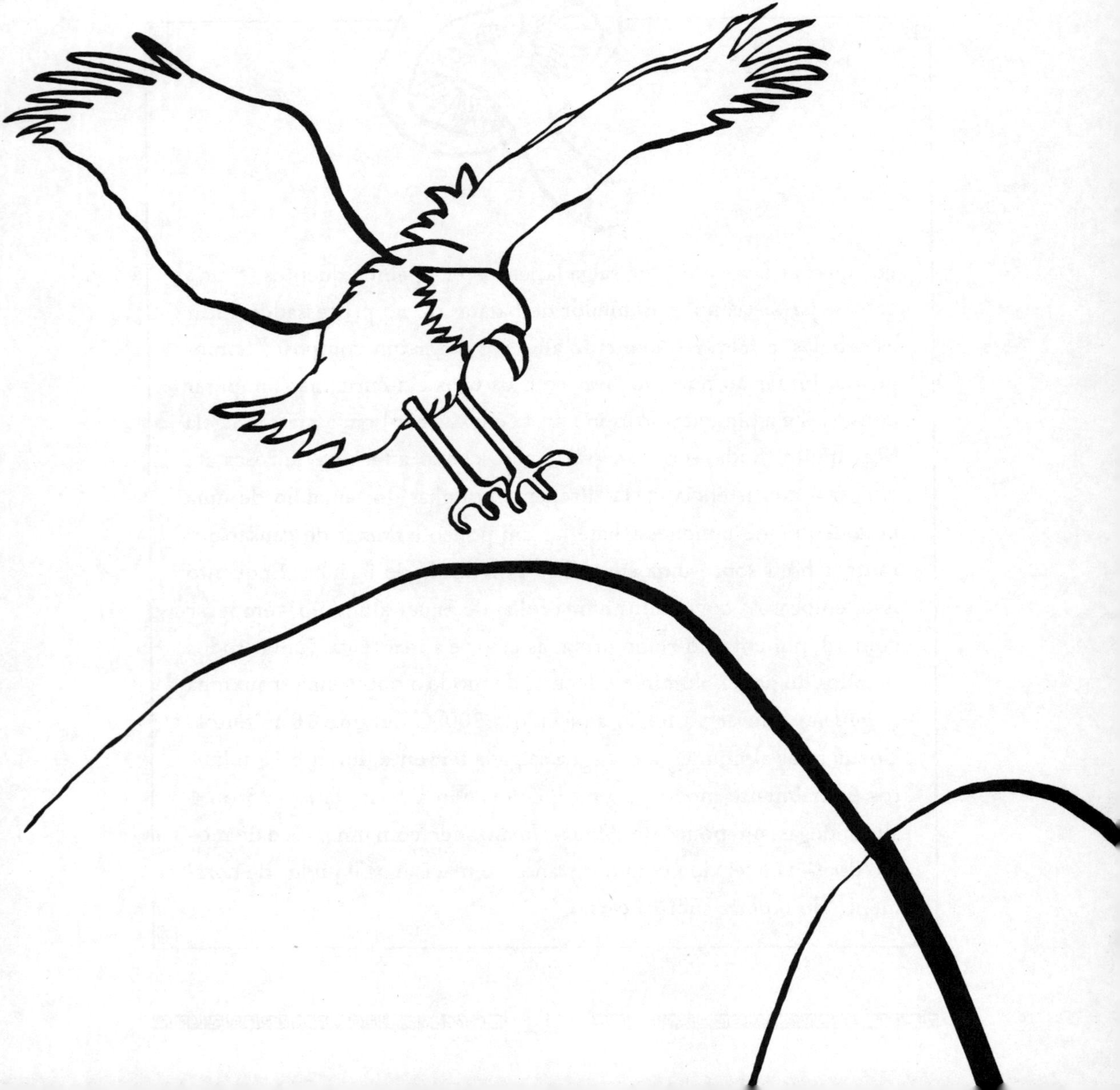

A águia, a gralha e o pastor

Usando seu porte e sua habilidade na caça, uma águia, em vôo baixo, arrebatou um cordeiro do meio do rebanho.

Uma gralha, admirada com a técnica, quis imitá-la. Mas, sem força e sem envergadura para voar com presa tão pesada, acabou aprisionada no próprio pêlo do animal. O pastor acudiu, prendeu a gralha e aparou-lhe as asas. No fim do dia, levou o pássaro para casa e deu-o para seus filhos. As crianças, quando viram aquela ave de asas curtas, perguntaram ao pai de que espécie era. E o pastor, divertido, informou:

— Sem dúvida é uma gralha, mas ela pensa que é águia!

Conclusão de Esopo: Além de não conseguirmos nada, ainda riem da nossa cara.

Paleta de vitela assada, servida com *merghez* de cordeiro e cozido de quiabo

ingredientes: *1 paleta de vitela desossada, 150 g de manteiga, 200 g de aipo, 200 g de cenoura, 250 g de cebola, 4 dentes de alho, sal e pimenta-do-reino preta, 100 g de ervas aromáticas em pedaços (sálvia, alecrim, tomilho), 500 g de* merghez *(lingüiça) de cordeiro, 50 g de* pinoli. *Para o cozido de quiabo: 100 ml de azeite de oliva, 1 cebola cortada em juliana, 2 dentes de alho picados, 400 g de quiabo, 400 g (1 lata pequena) de tomates* pelati, *sal, pimenta-do-reino, páprica, 30 g de salsa picada.*

modo de fazer: Limpar a paleta de todo o excesso de gordura, desossá-la e colocá-la numa assadeira. Temperar com sal e pimenta-do-reino, com as ervas aromáticas, os legumes menos 50 g de cebola, o alho e 100 g da manteiga. Levar ao forno aquecido a 180°C e assar durante 1 hora, molhando de vez em quando com o próprio suco do cozimento. Reservar. Cortar em pedaços e refogar a lingüiça no restante da manteiga e da cebola picada. Reservar. Para o cozido de quiabo, refogar no azeite o alho e a cebola até esta ficar bem dourada, retirá-la junto com o alho, e no azeite restante da panela, refogar o quiabo até dourar bem. Acrescentar a cebola refogada anteriormente, temperar com sal, pimenta, páprica e o tomate sem as sementes e picado grosseiramente. Mexer bem, tampar a panela e acabar o cozimento. No final, acrescentar a salsa picada. Cortar em pedaços a paleta de cordeiro e juntar o *merghez*, deixar ferver e depois colocar numa travessa, com o cozido de quiabo ao lado.

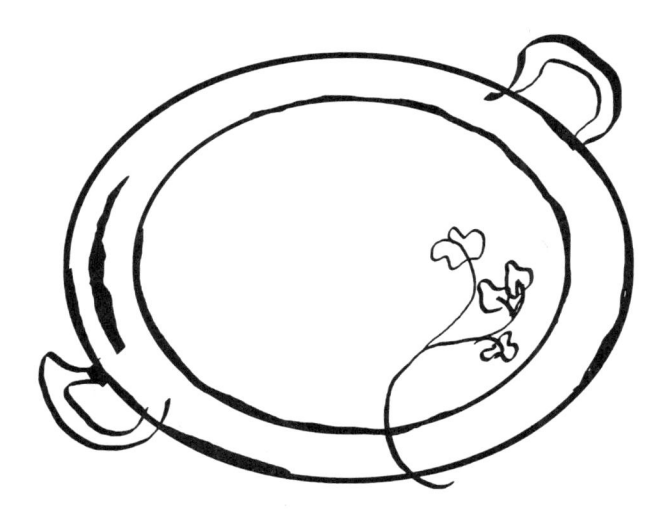

A águia e a raposa

Um homem conseguiu capturar uma águia. Aparou-lhe as asas e atirou-a dentro do galinheiro. A ave altiva ficou ali, humilhada, entre as galinhas ciscadoras.

Mas um homem apiedou-se dela e comprou-a do vizinho. Arranjou novas penas e colou-as na águia depenada, devolvendo-lhe a capacidade de voar.

Esta, feliz, levantou vôo e caçou uma lebre, que levou como agradecimento ao seu salvador.

Observando os acontecimentos, uma raposa opinou:

— Não precisavas presentear aquele homem, que já é bom por natureza. Mas devias agradar ao outro, para que ele não te prepare outra peça novamente.

Esopo conclui que se deve retribuir aos benfeitores, mas não custa prevenir-se contra os malfeitores.

Costata de vitela ao alecrim com saladinha de espinafre, erva-doce e minicenouras

Ingredientes: *4 costeletas (costata) de vitela com cerca de 200 g cada, 50 g de folhas de alecrim, 2 dentes de alho picados, 50 ml de azeite de oliva, sal e pimenta-do-reino preta, 100 g de folhas de espinafre limpas, 100 g de talos de funcho cortados em rodelas, 20 g de sementes de erva-doce, 100 g de minicenouras, 30 ml de vinagre balsâmico.*

Modo de fazer: Retirar o excesso de gordura das costeletas, raspar a cartilagem dos ossos, batê-las levemente para achatar um pouco a carne e temperar com o alho picado, as folhas de alecrim, sal, pimenta e a metade do azeite. Reservar. Numa tigela, misturar as folhas de espinafre, os talos de funcho, as cenouras e as sementes de erva-doce. Fazer uma emulsão com o restante do azeite, o vinagre balsâmico, sal e pimenta e com isso temperar a salada. Grelhar as costeletas na chapa quentíssima e servi-las com a salada.

o gato moralista e o galo incestuoso

Um gato capturou um galo. Evidentemente, sua intenção era comê-lo, mas, sabe-se lá por quê, achou que precisava de razões "morais" para fazê-lo. Então acusou-o de cantar desabridamente de madrugada, perturbando o sono dos homens. O galo defendeu-se dizendo que era expectativa do próprio homem ser acordado por ele para começar seu dia de trabalho.

O gato então acusou-o de incestuoso. De acasalar-se, no terreiro, com a própria mãe e as irmãs, desrespeitando uma "moral" da natureza.

O galo defendeu-se:

— Meu amigo, isso faz parte da nossa natureza de galináceos. Assim, geramos muito mais ovos e pintos para os nossos donos.

Frustrado, o gato apelou:

— Ora, tu ficas se opondo aos meus argumentos, e eu não sei raciocinar com fome.

E comeu o galo.

A fábula mostra que, se a intenção é má, não é preciso pretexto para executá-la.

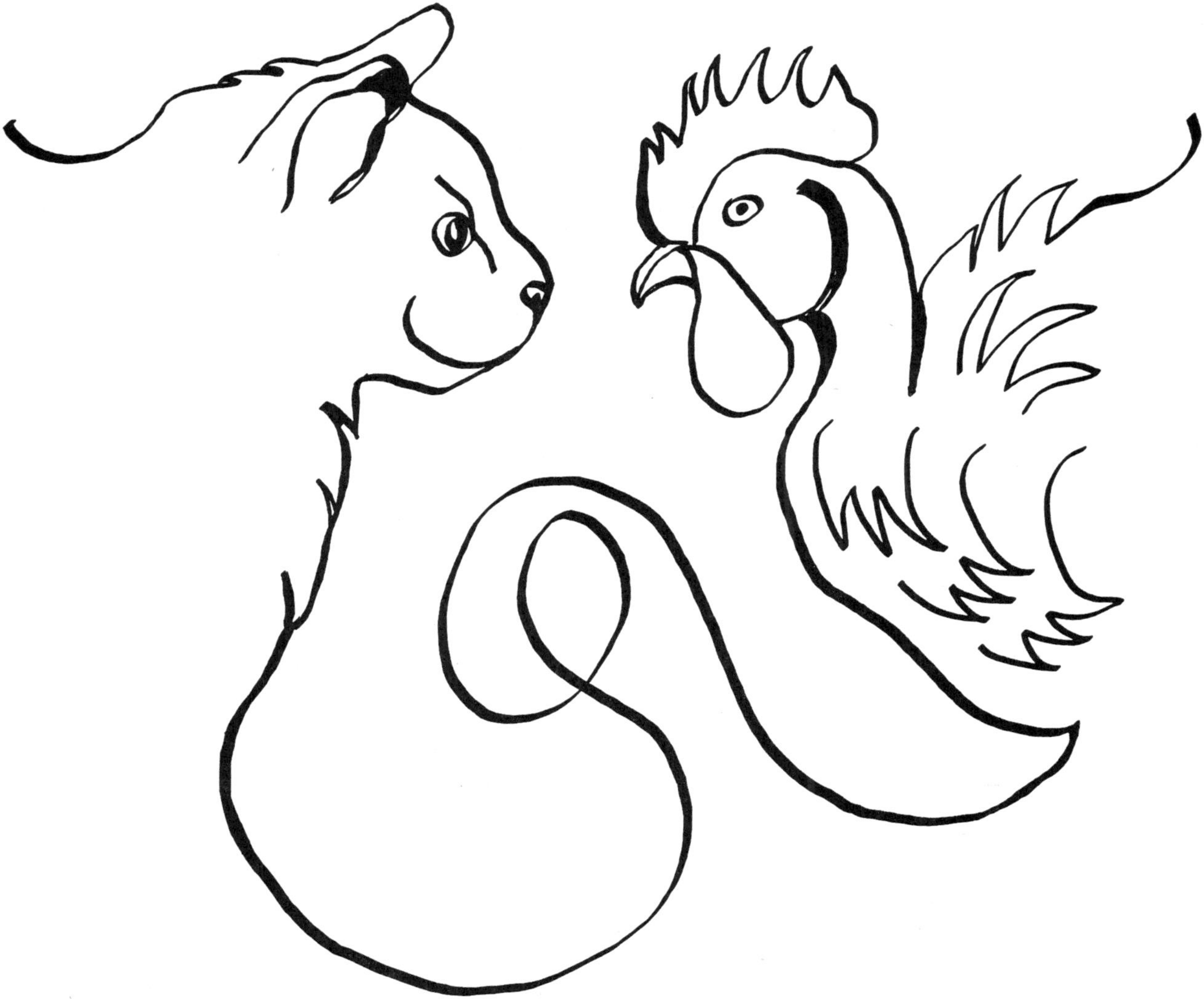

Perdiz recheada com figos e nozes sobre couscous de legumes e damasco azedo

ingredientes: *4 perdizes, 2 dentes de alho picados, sal, pimenta-do-reino preta, 150 g de pão de fôrma sem casca picado, 30 g de ervas frescas picadas (sálvia, alecrim, tomilho), 50 ml de leite, 100 ml de azeite de oliva, 100 g de figos secos turcos picados, 80 g de nozes sem casca picadas, 200 g de* couscous, *50 g de cenoura, de cebola, de pimentão amarelo e de abobrinha, cortados em* brunoise *fina e cozidos* al dente *em água salgada; 50 g de salsa picada, 80 g de damasco azedo turco picado, 700 ml de caldo de carne em fervura.*

modo de fazer: Desossar as aves, deixando somente os ossos das coxas e tendo o cuidado de deixar a pele inteira, a não ser o lado das costas, de onde deverão ser retirados os ossos. Torrar os ossos em forno quente, juntá-los a 500 ml do caldo de carne e deixar ferver, reduzindo-o a 1/3 do volume. Temperar as perdizes, por dentro e por fora, com sal e pimenta-do-reino, e reservar. Preparar o recheio misturando numa tigela o pão de fôrma molhado com o leite e com 50 ml de azeite, os figos, as nozes, as ervas picadas e o alho. Rechear as perdizes com essa mistura, fechando-as em seguida com barbante e amarrando-o bem em volta das pernas, que deverão ficar cruzadas. Levar ao forno aquecido a 200°C e assar durante 30 minutos, até as aves ficarem uniformemente coradas. Preparar o *couscous* molhando-o com 200 ml do caldo de carne e deixando-o descansar durante alguns minutos. Misturá-lo com os legumes, o restante do azeite, a salsa e, por fim, os damascos. Acrescentar sal (se necessário) e arrumar no meio do prato com aro baixo de 100 mm de diâmetro. Colocar por cima a perdiz depois de tirar o barbante e molhar com o caldo de carne reduzido.

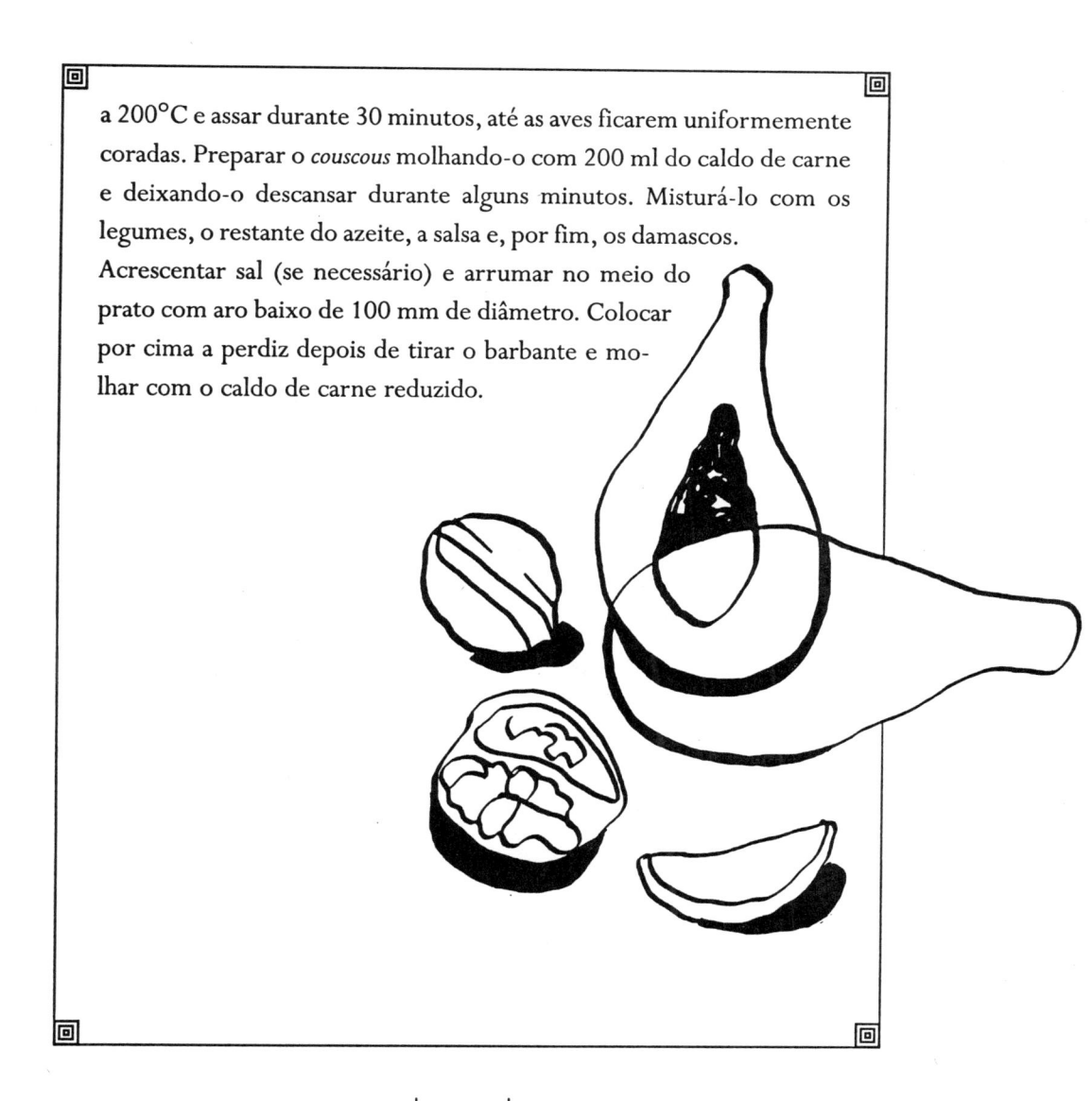

o boiadeiro e o leão

Um dia, um boiadeiro constatou o desaparecimento de um bezerro. Depois de muito procurar, rezou a Zeus, prometendo que, se encontrasse o ladrão do seu bezerro, ofereceria um cabrito em sacrifício.

Nem bem tinha terminado a promessa, eis que entre as árvores avistou um leão ainda com a boca manchada do sangue do seu bezerro. Mais que depressa, o boiadeiro corrigiu a promessa:

— Ó Zeus poderoso, proponho-te uma troca melhor: agora eu sacrifico um boi para fazeres o ladrão sumir.

Esopo nos diz que esta fábula se aplica àqueles homens infelizes que se decepcionam com as coisas que procuram.

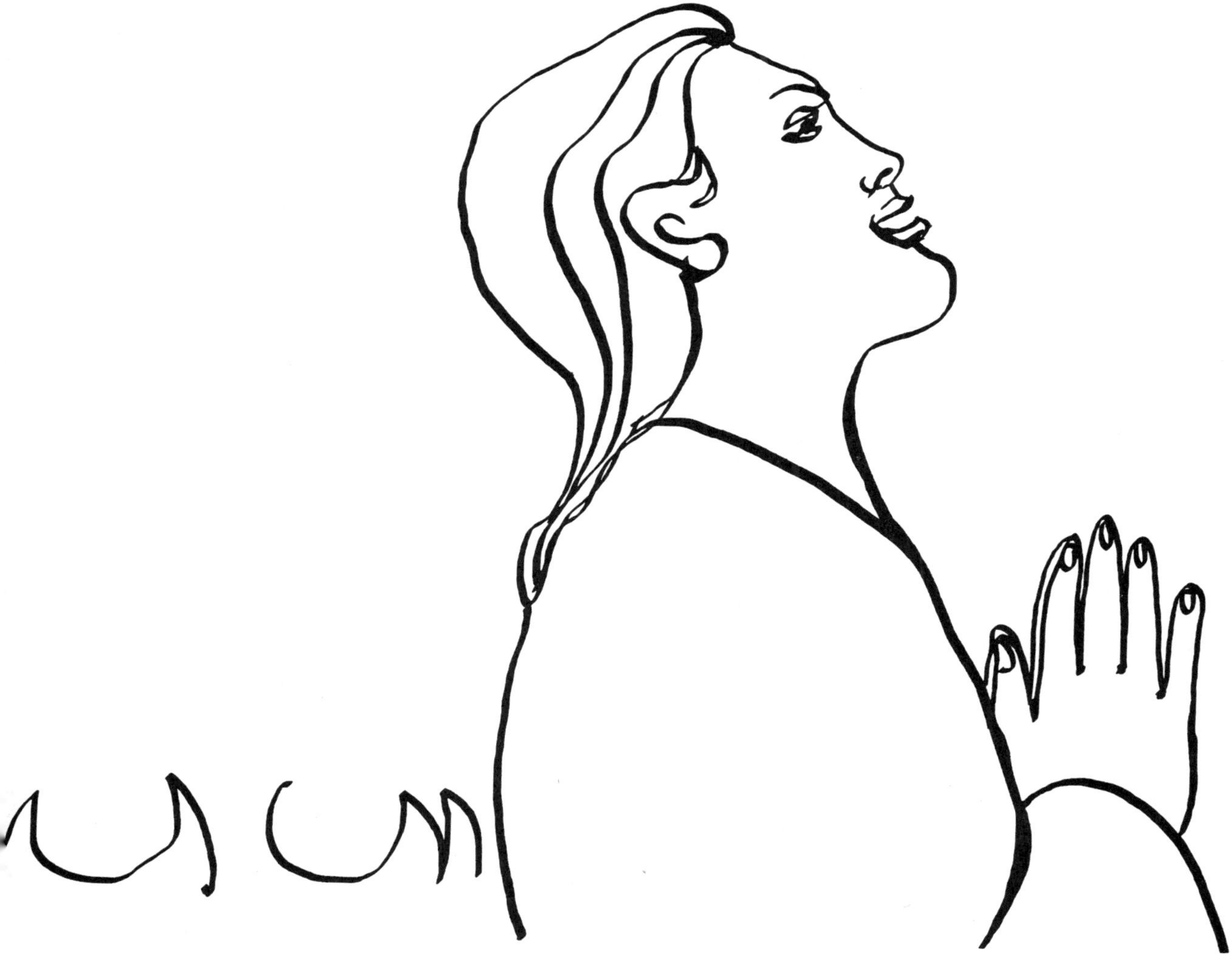

Cozido de vitela, batatas e vagens ao molho de cebolas roxas e purê de batatas ao perfume de laranjas

Ingredientes: 800 g de lombo de vitela, 4 folhas de louro, 1 cebola média picada, 1 dente de alho picado, 100 g de miolo de pão, 50 ml de vinagre de vinho tinto, 500 g de batatas descascadas e cortadas em cubos de 3x3 cm, 200 ml de azeite de oliva, 200 ml de vinho branco seco, 200 g de vagens limpas e sem fio, 30 g de salsa picada. Para o molho de cebolas: 1 Kg de cebolas roxas cortadas em juliana, 100 g de mel, sal e pimenta-do-reino preta, 300 ml de caldo de carne. Para o purê de batatas: 800 g de batatas bem cozidas, 100 g de manteiga, noz-moscada, sal, 200 ml de leite, 10 g de raspas de laranja.

Modo de fazer: Para o molho de cebolas roxas, refogá-las em 100 ml de azeite até amolecerem. Colocar a metade do vinho branco, deixar evaporar, abaixar a chama e juntar o mel, o sal e a pimenta preta. Mexer bem e deixar cozinhar lentamente até as cebolas ficarem macias, acrescentando caldo de carne em fervura, para que não seque, sempre que for preciso. Reservar. Para o purê, espremer as batatas, colocá-las numa panela e acrescentar de imediato a manteiga, sal, uma pitada de noz-moscada e, aos poucos, o leite, mexendo bem com o batedor de arame. Reservar. Para o cozido, refogar a cebola e o alho no restante do azeite junto com as folhas de louro, acrescentar o lombo de vitela cortado em cubos, deixar corar bem de todos os lados, acrescentar as batatas e as vagens cortadas em três, acertar o sal e a pimenta e juntar o vinho branco restante. Deixar evaporar o álcool e acrescentar um pouco de caldo de carne. Tampar a panela, abaixar o fogo e cozinhar durante 20 minutos. Molhar o miolo de pão com o vinagre, colocá-lo no cozido, mexer bem, deixar levantar fervura e tirar do fogo. Aquecer novamente o purê, acrescentando as raspas de laranja. Ao servir, colocar o molho de cebolas no meio do prato e o cozido por cima, salpicando-o com a salsa e finalizando com o purê aromatizado ao lado.

Decisão dos deuses não se contesta

Um homem ímpio navegava em uma embarcação. Para puni-lo, os deuses armaram uma tempestade, e o ímpio e os inocentes se afogaram.

Revoltado, outro homem se pôs a bradar contra os deuses, porque eles tinham sacrificado todos para punir só um.

Como o homem estava postado sobre um formigueiro, uma formiga o picou.

Enfurecido, o homem começou a pisar sobre todas elas.

Então o deus Hermes apareceu-lhe e perguntou:

—Vês? Os deuses fizeram justiça da mesma maneira que tu fizeste com as formigas.

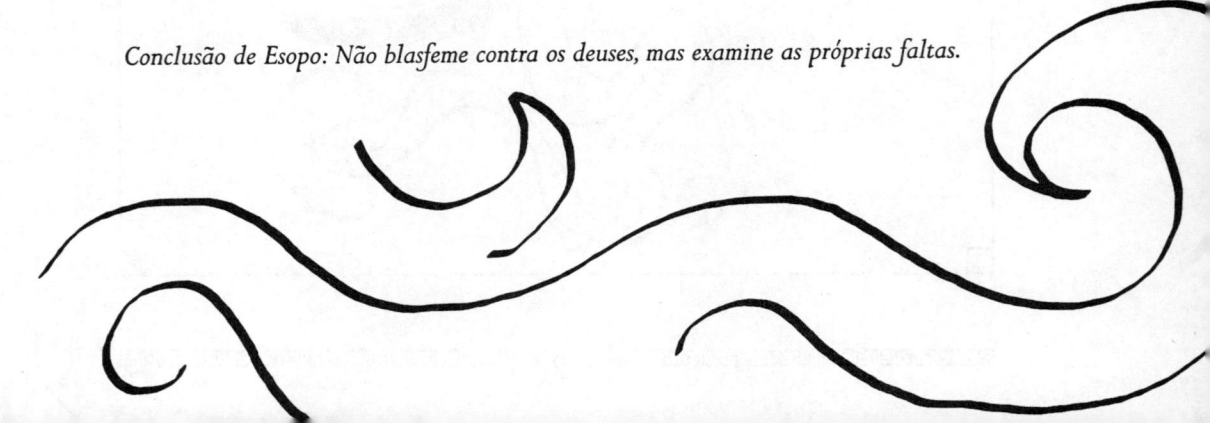

Conclusão de Esopo: Não blasfeme contra os deuses, mas examine as próprias faltas.

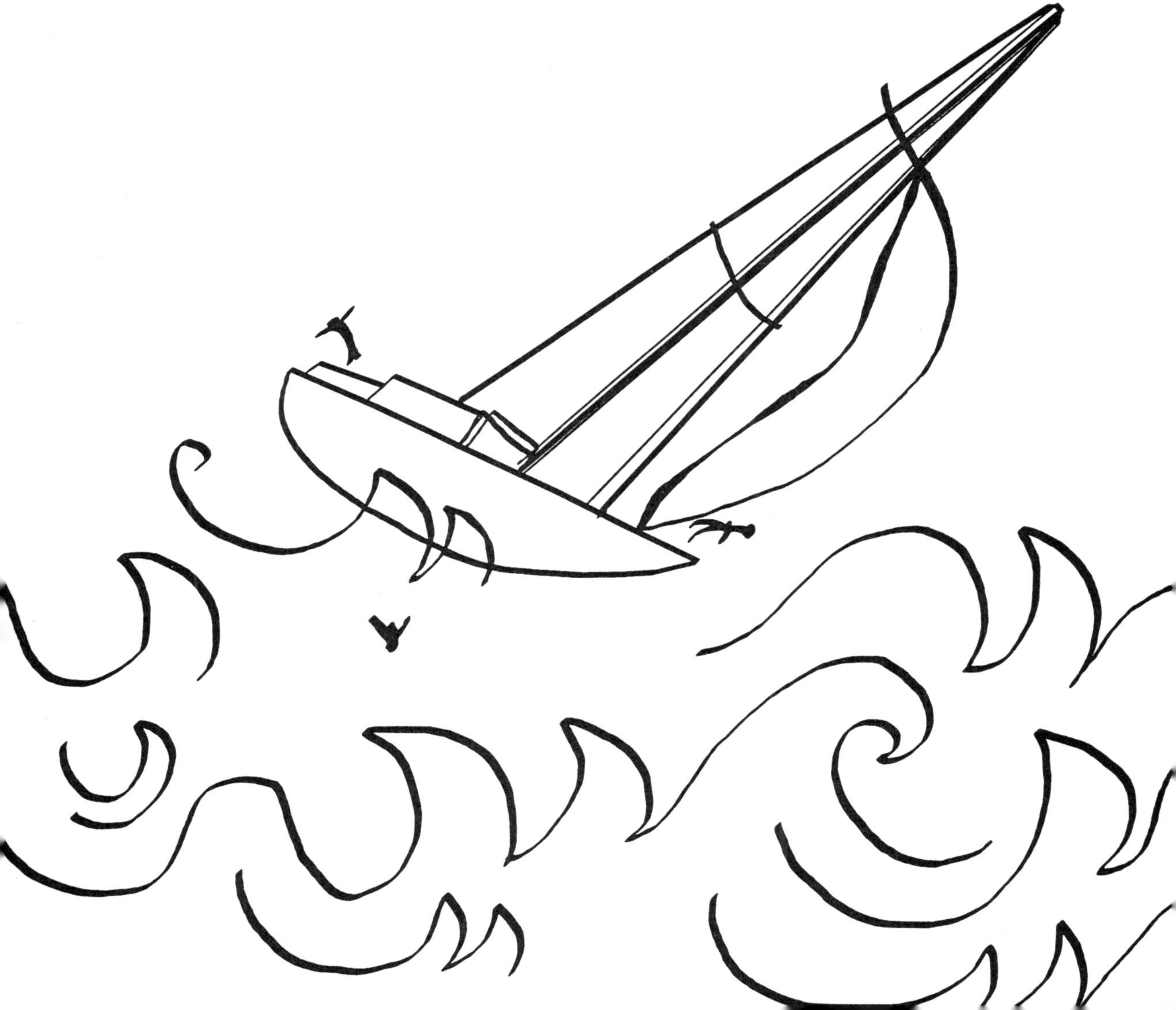

Lombo de cordeiro recheado de aipo e *foie gras*, com *sauté* de repolho roxo e aspargos em camisa de presunto cru

Ingredientes: *800 g de lombo de cordeiro, 1 talo de aipo, 150 g de foie gras fresco, sal, pimenta-do-reino preta, 1 repolho roxo cortado em juliana fina, 100 g de mel, 100 ml de azeite de oliva, 100 g de manteiga, 8 aspargos verdes frescos, 80 g de presunto de Parma fatiado.*

Modo de fazer: Para o *sauté* de repolho, refogá-lo em 80 ml de azeite e na metade da manteiga até amolecer. Acrescentar o mel, temperar com sal e pimenta e abaixar o fogo, mexendo de vez em quando e acrescentando água se for necessário. Apagar o fogo e reservar. Limpar os aspargos, cortando a parte mais dura e lenhosa do cabo e mergulhar em água salgada (na proporção de 30 g de sal por litro de água). Passar os aspargos no restante da manteiga e enrolá-los de dois em dois com duas fatias de presunto de Parma. Reservar. Abrir como um livro o lombo de cordeiro (dividido em quatro pedaços), temperar com sal e pimenta e colocar uma tira de aipo (sem o fio) no comprimento do lombo, e uma de *foie gras*. Fechar o lombo de cordeiro apertando bem as extremidades e passá-lo numa frigideira antiaderente untada com o resto do azeite de oliva, corando-o bem de todos os lados. Levar ao forno aquecido a 120°C durante 15 minutos junto com os aspargos. Servir colocando o *sauté* de repolho no meio do prato, o lombo de cordeiro fatiado por cima e os aspargos em camisa de presunto cru ao lado.

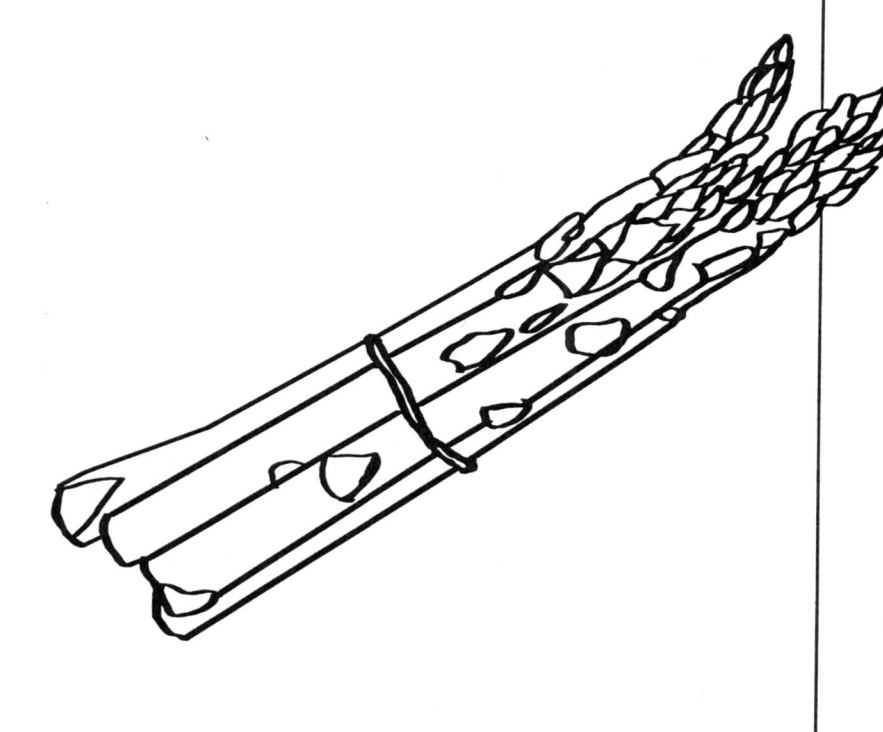

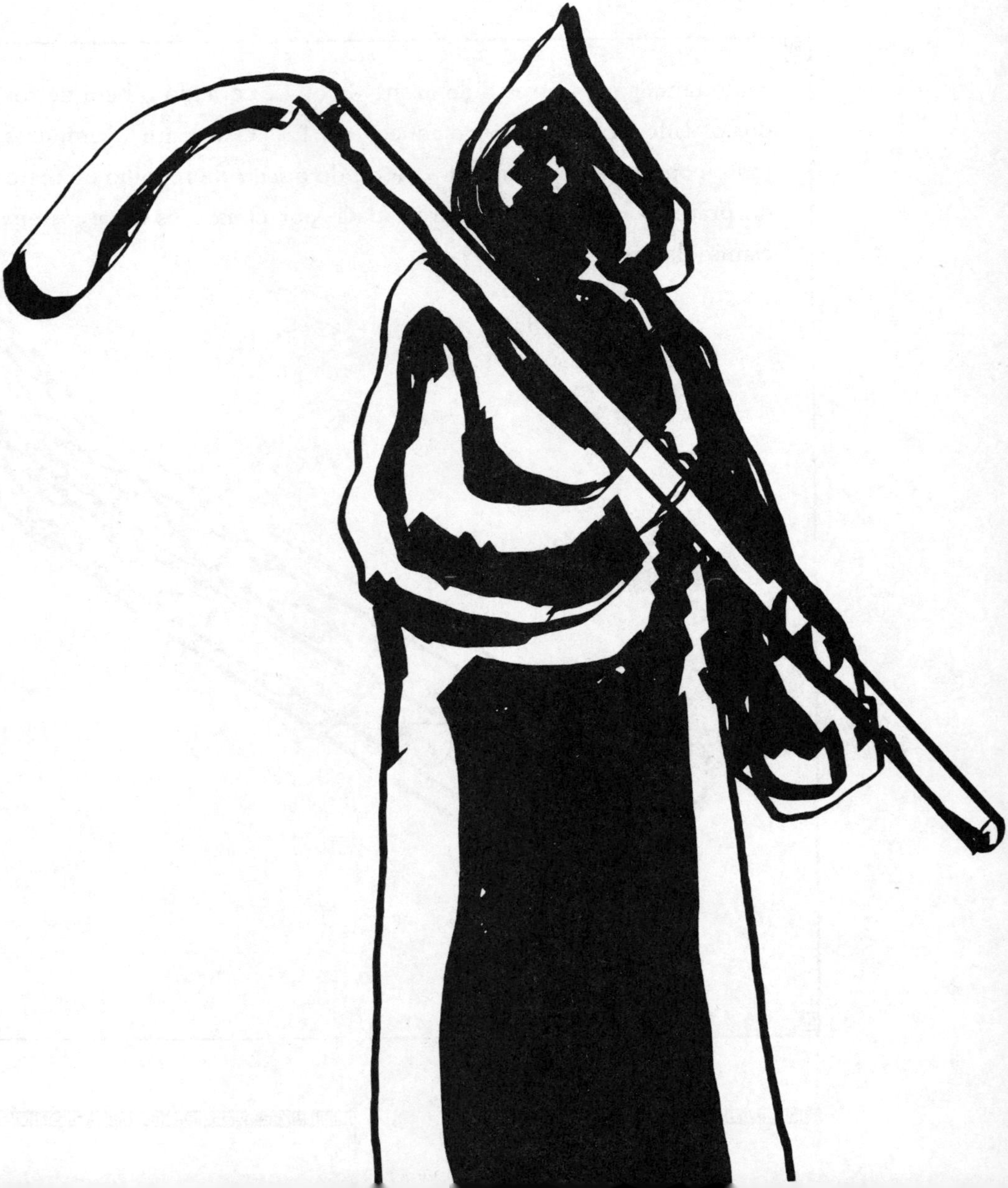

o velho e a morte

Um homem, já velho e alquebrado, carregava um pesado feixe de lenha. Extenuado pela caminhada e já em desespero, jogou o feixe no chão e clamou:

— Ó, morte! Por que não me levas?

Imediatamente, com seu manto negro e seu longo alfanje, a morte apareceu.

— Então, velho, queres que eu te leve?

Ao perceber a situação em que se colocara, o velho emendou:

— Não, madame, eu na verdade a chamei para que me leves o feixe de lenha. A senhora não deixa a gente concluir a frase.

Esopo conclui que, mesmo miserável, todo homem ama a vida. Eu já acho que presença de espírito ajuda.

Mil-folhas de damasco e tâmaras sobre *ganache* de chocolate ao Banyuls

Ingredientes: 400 g de massa folhada pronta para assar. Para o creme: 1/2 l de leite, 4 gemas de ovo, 130 g de açúcar, 60 g de farinha, 5 ml de aroma de baunilha. Para o recheio: 200 g de damascos, 200 g de tâmaras sem caroço. Para o ganache: 250 g de chocolate meio-amargo picado, 100 ml de creme de leite, 50 g de manteiga, 50 ml de vinho Banyuls.

Modo de fazer: Para preparar o creme de confeiteiro, misturar bem, até dissolver, a farinha e o açúcar com as gemas de ovo no leite, acrescentar o aroma de baunilha e levar ao fogo baixo, mexendo sempre com uma espátula de madeira. Assim que o creme ficar grosso, mexer devagar e tomar cuidado para não grudar no fundo da panela. Desligar e reservar. Bater separadamente no processador de alimentos os damascos e as tâmaras com um pouco de água até se transformarem numa pasta homogênea. Também separadamente, misturar cada pasta obtida com as frutas secas com o creme de confeiteiro e reservar. Esticar a massa folhada e colocá-la sobre uma placa rasa. Colocar por cima mais uma placa rasa untada e polvilhada de farinha, de modo que a massa folhada ao assar não cresça muito. Assar em forno aquecido a 200°C durante 12 minutos e deixar esfriar. Cortar a massa folhada em 20 quadrados de 7 cm de lado. Montar os mil-folhas, alternando um quadrado de massa folhada, uma camada de creme de damasco, mais um quadrado de massa, uma camada de creme de tâmaras, repetindo a operação de modo a ter cinco quadrados de massa e duas camadas de cada creme. Reservar. Para o *ganache*, levar até a fervura o creme de leite, tirar do fogo e acrescentar a manteiga e o chocolate. Mexer bem com um *fuet* (batedor de arame) até virar um molho denso e homogêneo, e por fim acrescentar o Banyuls. Mexer bem e reservar. Arrumar nos pratos, colocando o *ganache* no centro e o mil-folhas por cima, polvilhado de açúcar de confeiteiro.

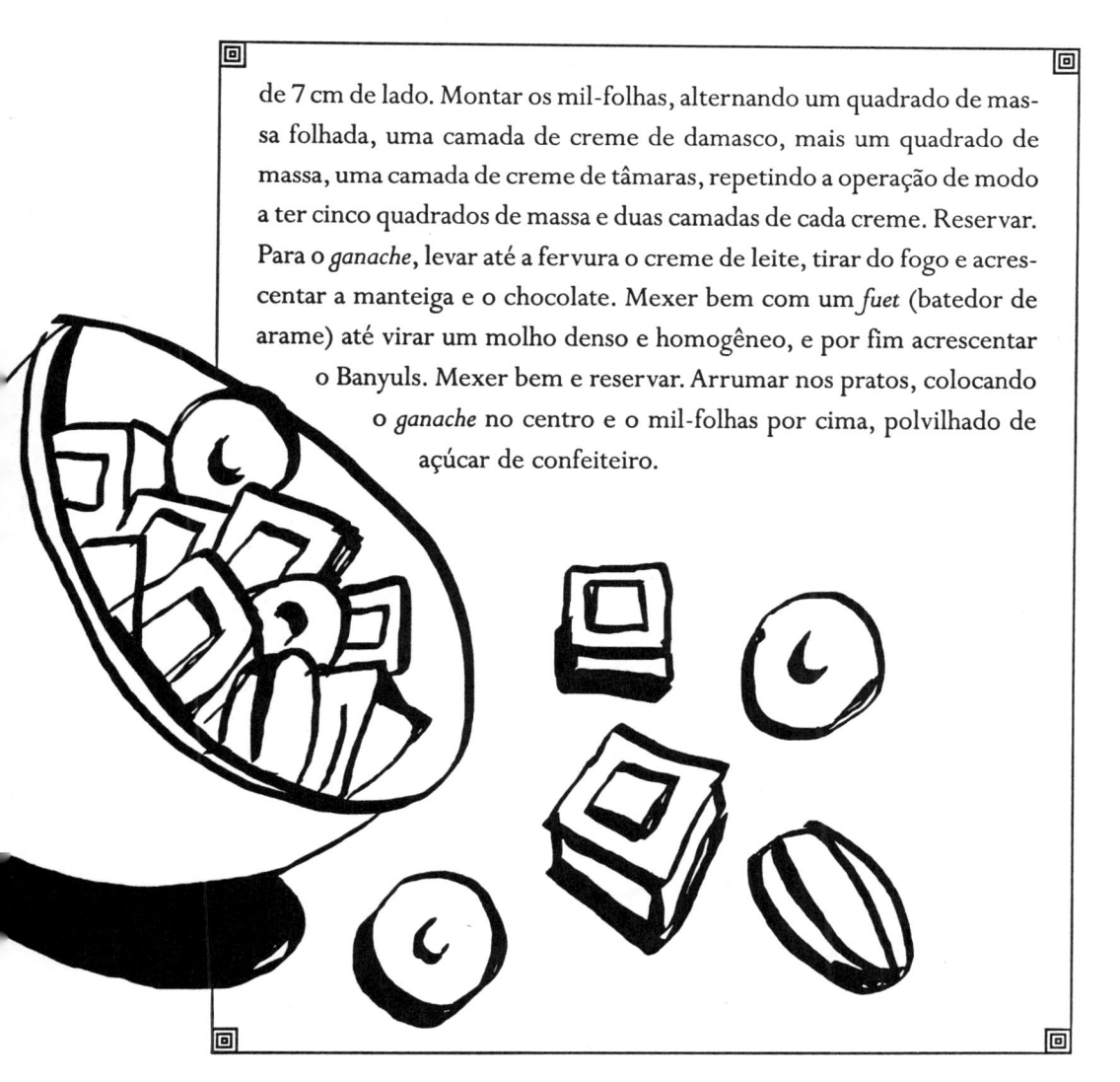

As rãs pedem um rei

As rãs viviam em grande anarquia. Então, achando que o que lhes faltava era uma liderança, pediram a Zeus, o deus dos deuses, que lhes mandasse um rei. Zeus, na sua sabedoria e rindo-se da ingenuidade das rãs, mandou-lhes como rei um tronco de árvore. O "rei" chegou, caiu na água com grande estrondo, mas depois voltou à superfície e ficou por ali, inerte, flutuando entre os seus súditos.

Apesar da expectativa de que alguma iniciativa do rei reduziria a atividade e a anarquia entre as rãs, elas não se deram por satisfeitas e pediram a Zeus um outro rei, mais atuante, mais ativo. Zeus então mandou-lhes uma cegonha, que devorou todas elas.

Decodificação de Esopo ante a Lei de Murphy: As coisas sempre podem piorar ou, com Zeus é 8 ou 80.

"Pan pepato" sobre *zabaione* morno

Ingredientes: *170 g de mel, 125 g de farinha, 5 g de fermento em pó, 1 ovo, 50 ml de leite, 2 g de canela, de noz-moscada, de anis, de cravo em pó, 1 g de pimenta-do-reino preta em pó, 5 ml de água de rosas. Para o zabaione: 2 gemas de ovo, 40 g de açúcar, 50 ml de marsala.*

Modo de fazer: Despejar o mel numa tigela, acrescentar o açúcar e dissolvê-lo em banho-maria, mexendo sempre até a mistura estar quente. Reservar. Bater o ovo com o leite e reservar. Numa outra tigela, misturar a farinha com o fermento e as especiarias, acrescentar aos poucos o leite batido com o ovo. Quando tudo estiver bem amalgamado, juntar o mel açucarado. Misturar bem e colocar numa forma untada e polvilhada com farinha. Assar em forno aquecido a 180°C durante 40 minutos. Tirar do forno e reservar em lugar quente. Enquanto isso, para o *zabaione*, colocar as gemas e o açúcar em banho-maria, e quando virarem um creme firme, acrescentar aos poucos o marsala. Bater bem até obter uma consistência cremosa, mas firme. Ao servir, colocar o *zabaione* morno no meio do prato e o "pan pepato" fatiado por cima.

o rato do campo e o rato da cidade

Um rato do campo convidou para visitá-lo seu primo que morava na cidade.

Passearam pelas searas, comendo, aqui e ali, trigo e cevada. De vez em quando esperavam cair um figo ou se aventuravam a subir numa macieira para comer uma fruta. Depois de algum tempo, o rato urbano comentou:

— Sabes, primo, tu levas uma vida de formiga. Catas a comida que se apresenta, sem nenhuma variedade. Tudo simples e natural. Vem para a minha casa. Lá a vida é repleta de coisas boas. Vais experimentar, inclusive, uma coisa: a comida elaborada pelo homem. Industrializada.

Encantado com as perspectivas da cidade, o rato do campo voltou com o primo.

Já em casa, este, com o orgulho de um guia turístico de Veneza, mostrou as delícias:

— Na despensa tens toda variedade de grãos: trigo, cevada, centeio, ervilhas, e até outros que nem desconfiavas que existiam. Vais conhecer uma grande variedade de frutas: laranjas da Itália, figos de Damasco, mangas das Índias... E mel! E os pastéis... e o toucinho! E queijo, que é um néctar capaz de encantar todos as ratos do mundo!

O visitante arregalou os olhos e maldisse o tempo perdido no campo.

Foram os dois então ao principal, começando pela despensa. Mas, mal começaram a galgar o primeiro saco de lentilhas, uma vassoura manobrada habilmente por uma mulher abateu-se sobre eles, obrigando-os a se refugiarem nas frestas.

Passaram à copa, mas quando o caipira ia agarrar o primeiro e saboroso pedaço de queijo, o primo puxou-o a tempo de livrá-lo da lâmina da ratoeira que se fechou num estalo.

Conformaram-se em começar pelas frutas, mas o focinho ameaçador de um gato nem os deixou sair da toca onde se tinham escondido.

O visitante esqueceu então a fome e declarou para o primo citadino:

— Amigão, tens aqui muita fartura, mas é muito perigoso usufruí-la. Volto para o meu campo, onde posso ter um regime limitado, mas sem estresse.

Esopo defende que é melhor viver com simplicidade e segurança do que com fartura, mas com medo. Da minha parte, eu concluo que, mesmo com todas as restrições, os ratos venceram.

Torta Lúmia

ingredientes: *Para o pão-de-ló: 5 ovos, 125 g de farinha, 150 g de açúcar, 1 pitada de sal. Para o recheio: 300 g de mascarpone, 180 g de açúcar, 3 gemas de ovo, algumas gotas de corante verde, 200 g de pistaches crus picados, 50 ml de água de flor de laranjeira.*

modo de fazer: Para o pão-de-ló, bater os ovos com o açúcar na batedeira até ficar uma mistura esbranquiçada. Sempre com a batedeira ligada, colocar aos poucos a farinha peneirada. Quando estiver bem batida, colocar a massa numa forma redonda com 20 cm de diâmetro e 5 cm de altura, untada e polvilhada de farinha. Assar em forno aquecido a 200°C durante 20 minutos.

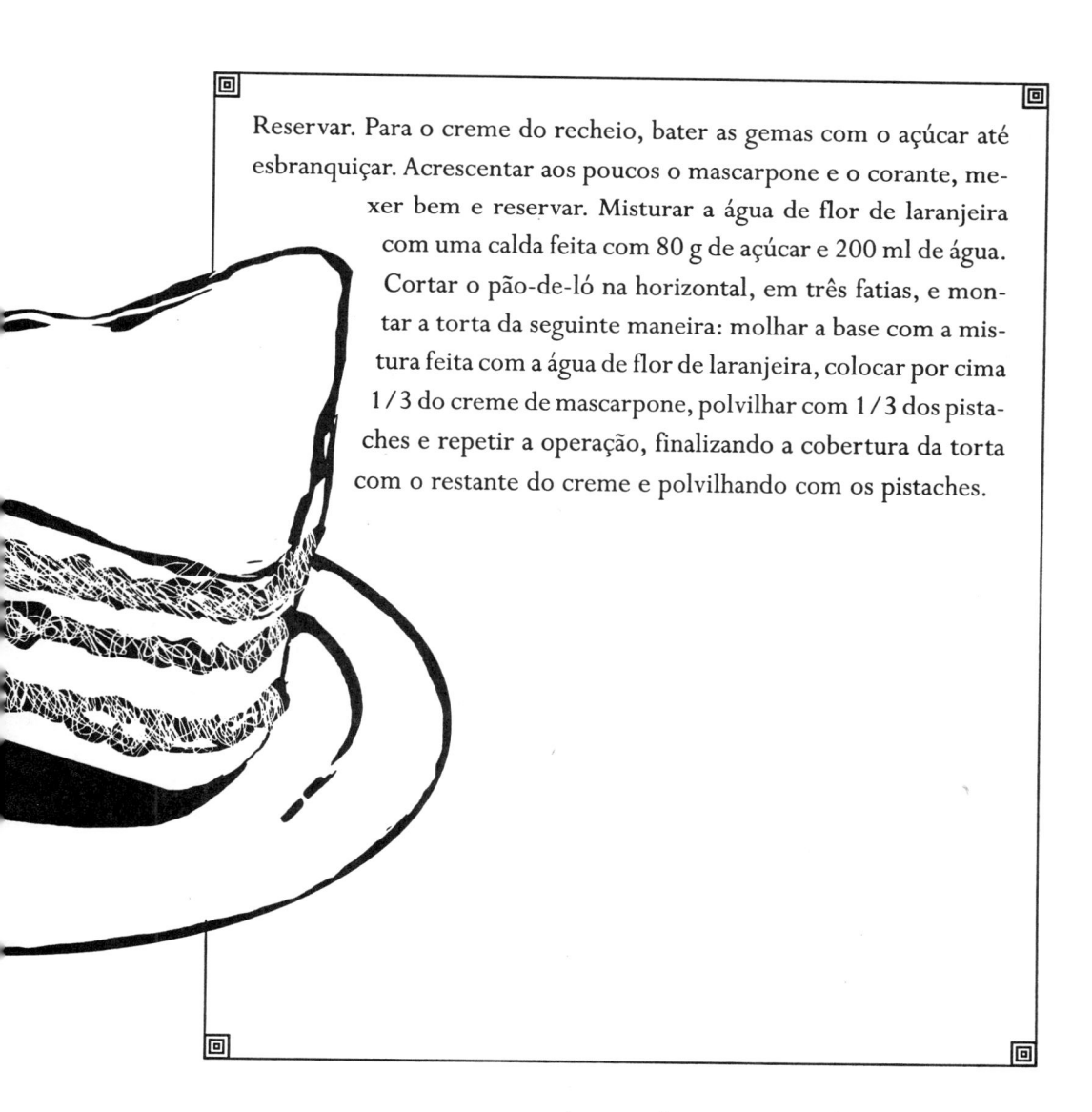

Reservar. Para o creme do recheio, bater as gemas com o açúcar até esbranquiçar. Acrescentar aos poucos o mascarpone e o corante, mexer bem e reservar. Misturar a água de flor de laranjeira com uma calda feita com 80 g de açúcar e 200 ml de água. Cortar o pão-de-ló na horizontal, em três fatias, e montar a torta da seguinte maneira: molhar a base com a mistura feita com a água de flor de laranjeira, colocar por cima 1/3 do creme de mascarpone, polvilhar com 1/3 dos pistaches e repetir a operação, finalizando a cobertura da torta com o restante do creme e polvilhando com os pistaches.

o lavrador e seus filhos

Um lavrador tinha três filhos que nunca se interessaram pela profissão do pai e, conseqüentemente, pela continuidade dos meios de sobrevivência da família.

Ao sentir que ia morrer, o lavrador chamou-os e disse-lhes:

— Meus filhos, deixo-lhes estas terras e um grande tesouro que está enterrado nelas.

E morreu sem fazer referência a nenhum local específico.

Ambiciosos, os rapazes já começaram a procurar o tesouro na cova que abriram para enterrar o pai. Como lá não estava, cavoucaram energicamente todo o terreno sem nada encontrar. Mas a terra, bem revolvida, estava pronta para dar-lhes como tesouro o resultado do plantio.

Esopo mostra que a riqueza é sempre fruto do trabalho (ou de herança, ou de um casamento, se você for mais pragmático).

Pudim de *couscous* doce com canela, nata e crocante de amêndoas

Ingredientes: *200 g de couscous, 10 g de canela, 200 ml de creme de leite, 10 ml de água de rosas, 300 g de açúcar, 50 ml de água, 100 g de amêndoas sem pele.*

Modo de fazer: Para o crocante, misturar numa panela 200 g do açúcar com a água e levar ao fogo, mexendo sempre até virar um caramelo. Tirar do fogo, acrescentar as amêndoas, mexer bem e colocar sobre uma superfície lisa untada com óleo de cozinha. Deixar esfriar, quebrar em pedaços e passar no processador de alimentos, mas sem que fique muito fino, e reservar. Colocar o *couscous* numa tigela e molhar com água quente, deixando descansar durante alguns minutos. Acrescentar a canela e a água de rosas, desmanchando com um garfo os eventuais grumos. Juntar o creme de leite com o resto do açúcar e misturar com o *couscous*, acrescentando também o crocante de amêndoas. Colocar em tigelinhas individuais e deixar na geladeira durante uma hora. Tirar da tigela e servir num prato, polvilhando em volta com canela.

Briga de galos

Por exclusivismo e instinto poligâmico, dois galos brigavam pela liderança no galinheiro.

O vencedor subiu no ponto mais alto da cerca e, orgulhoso, batendo as asas, soltou o seu canto de vitória. Nem tinha emitido o último có quando, atraída pelo aviso, uma águia desceu como uma flecha na sua direção, arrebatando-o para alimentar seus filhos.

O galo derrotado saiu da sombra e ainda teve energia para cobrir todas as galinhas. Não só naquele dia, mas em todos os dias subseqüentes.

Esopo quer nos dizer que os deuses favorecem os humildes contra os orgulhosos.

Eu não consigo deixar de me lembrar daquela piada em que um galo é capaz de cobrir todas as galinhas que tenha disponíveis. E concluo que o mal do vencedor foi não querer dividir o harém com o parceiro.

Crostata de frutas secas e especiarias em calda de gengibre

Ingredientes: *Para a massa: 300 g de farinha peneirada, 150 g de manteiga em temperatura ambiente, 150 g de açúcar, 2 gemas de ovo, 2 g de gengibre, de canela, de noz-moscada, de cardamomo e de cravo em pó, 1 pitada de sal. Para o recheio: 50 g de damascos, de tâmaras sem caroço, de nozes, de pistaches crus, de amêndoas e de figos secos, 50 ml de água de flor de laranjeira. Para a calda 1/2 l de água, 100 g de gengibre fresco ralado, 70 g de açúcar.*

Modo de fazer: Para a *crostata*, misturar numa tigela a farinha com o açúcar e as especiarias. Acrescentar as gemas de ovo e a manteiga. Trabalhar a massa rapidamente e esticá-la numa assadeira redonda de 25 cm de diâmetro com o fundo falso, deixando-a com uma espessura aproximada de 5 mm e com as bordas ligeiramente mais altas, tendo o cuidado de guardar algumas sobras de massa. Colocar por cima o recheio de frutas secas que é obtido batendo-se todos os ingredientes no processador de alimentos até virar uma mistura homogênea e bastante molhada. Com a massa restante, fazer 8 tiras de 1 cm de largura, tendo como comprimento o diâmetro da *crostata*. Entrelaçá-las por cima da *crostata*, fazendo aderir as extremidades na sua borda. Assar em forno aquecido a 200°C durante 15 minutos. Reservar. Para a calda de gengibre, fervê-lo na água até que ela fique reduzida à metade da quantidade. Passar no coador e misturar essa infusão com o açúcar. Levar ao fogo novamente e deixar ferver até o líquido começar a ficar mais grosso. Servir, colocando no prato uma fatia da *crostata* e molhando-a com a calda de gengibre.

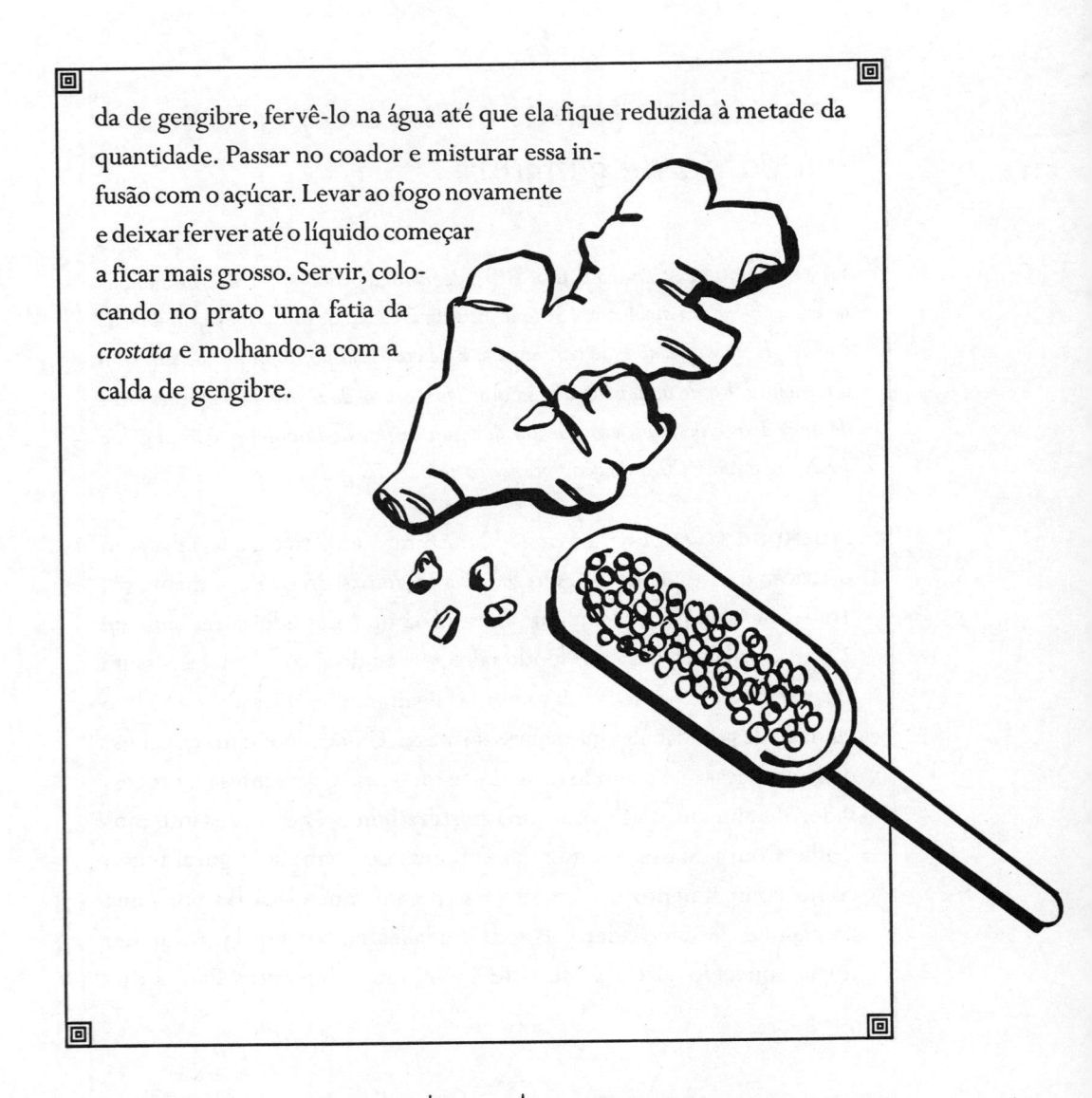

índice de receitas

Sopas

Sopa de pimentão vermelho, batatas e lagostins, 28

Sopa de abóbora com *quenelles* de robalo e perfume de *pesto*, 34

Sopa fria de iogurte com *gazpacho* em mil pontos e *pesto* de hortelã, 41

Sopa de feijão verde e bacalhau, 44

Sopa de lentilhas vermelhas e timo de vitela com alho-poró crocante, 104

Saladas

Salada verde com rabanetes e laranjas ao vinagrete de tâmaras, 31

Salada de agrião precoce, aipo, queijo *feta* e maçã verde, 38

Massas

Lasanha de cavaquinha, funcho e tomate, 51

Agnolotti de alcachofra ao ragu de trilha, 56

Ninhos de *spaghetti* em azeite de pimenta, rúcula e *sauté* de camarão, 61

Ravióli de berinjela e queijo de cabra ao molho de azeitonas verdes e tomate, 64

Tagliatelle ao creme de presunto cru, *pesto* de salsa e amêndoas e ragu de truta, 72

Risotos

Risoto de brócolis e tomate com lulas ao açafrão, 59

Risoto com pistaches, *magret* de pato e milanesa de sálvia, 68

Risoto com ragu de codorna e abobrinhas, 75

Peixes e frutos do mar

Atum em crosta de azeitonas com *gnocchi* de berinjelas ao molho de aipo, 78

Cozido de peixe-espada ao orégano fresco sobre *burgul* com cebola caramelizada, 82

Atum em úmido com *caponata*, 86

Cherne em folhas de uva ao creme de gergelim e alho com cenoura crocante ao gengibre, 89

Cozido de polvo e nirá com tabule morno de passas, 91

Fritura mista sobre purê de grão-de-bico e chicória ao limão, 93

Timballo de robalo marinado e berinjela sobre *carpaccio* de *funghi portobello*, 95

Sardinhas recheadas assadas servidas sobre *guazzetto* de tomate e mexilhões, 97

Pescada amarela em crosta de milho sobre escarola ao vapor e creme de pimentão, 100

Carnes e aves

Confit de pernil de cordeiro com mil-folhas de batatas trufadas, 48

Folhado de frango e couve-nabiça em *guazzetto* de grão-de-bico e miúdos da ave, 108

Lombo de javali com maçãs caramelizadas e castanhas portuguesas sobre polenta fresca, 111

Costeletas de cordeiro grelhadas sobre *timballo* de legumes e arroz de especiarias, 114

Contrafilé ao macis servido com almôndegas de favas frescas e *papillote* de *shiitake*, 118

Paleta de vitela assada, servida com *merghez* de cordeiro e cozido de quiabo, 122

Costata de vitela ao alecrim com saladinha de espinafre, erva-doce e minicenouras, 125

Perdiz recheada com figos e nozes sobre *couscous* de legumes e damasco azedo, 128

Cozido de vitela, batatas e vagens ao molho de cebolas roxas e purê de batatas ao perfume de laranjas, 132

Lombo de cordeiro recheado de aipo e *foie gras* com *sauté* de repolho roxo e aspargos em camisa de presunto cru, 136

Sobremesas

Mil-folhas de damasco e tâmaras sobre *ganache* de chocolate ao Banyuls, 140

"Pan pepato" sobre *zabaione* morno, 143

Torta Lúmia, 146

Pudim de *couscous* doce com canela, nata e crocante de amêndoas, 149

Crostata de frutas secas e especiarias em calda de gengibre, 151

PAPEL
CHAMOIS·FINE
alcalino

Este livro foi composto na tipologia Perpetua
em corpo 11,7/16 e impresso em papel Chamois
Fine Dunas 80g/m² no Sistema Cameron da
Divisão Gráfica da Distribuidora Record.